小学館文庫

陰陽宮１　安倍晴明

谷 恒生

小学館文庫

目次

陰陽宮（一）

安倍晴明

第一章　信太の森の貴公子

1

平安朝の夜の闇は暗く、濃く、深い。

貴族も、庶民も、雑人《ぞうにん》も、ひたすら夜を恐れ、闇を怖《おそ》れた。

漆を塗りこめたような闇の深みには怨霊《おんりよう》が飛び交い、鬼、悪霊、人魂《ひとだま》、魑魅《ちみ》魍魎《もうりよう》といった異形《いぎよう》の妖怪どもがうごめいている。

当時はごく通常のこととして、世の中には無数の精霊《せいれい》がいたるところにただよっていた。巨岩にも、沼にも、豊かな樹相《じゆそう》を示す雄大な老樹にも霊が棲《す》むということを、この頃のひとびとは知っていたし、この時代の常識でもあった。

ことに、貴族など上流層の者どもは、怨霊、悪霊を畏怖《いふ》するあまり、禁厭《まじない》、祭祝《さいしゆく》、祓除《はらいよけ》、陰陽道《おんみようどう》、物忌《ものいみ》、鬼霊《きりよう》、占筮《せんぜい》など、多様な迷妄《めいもう》の慰安をもたなくては生きていられなかった。

王朝の華奢《かしや》に彩られた貴族たちは、物の祟りだの、生霊《いきりよう》だの、死霊だの、魑魅《すだま》だのというものの実存を信じ、ほとんどが疑心暗鬼にかられ、被害妄想に陥り、神経症的な性格をおび、狂疾《きようしつ》（精神病）に見える者も多くあらわれた。

これは、貴族層の栄華の独占がかならずしも幸福のみではなかったということを示しているのかもしれない。

廟堂内《びようどうない》では、怨霊や祟りにおびえながらも、顕官《けんかん》たちが一門、兄弟、権力への執着を剝《む》きだしにして、さまざまな陰謀をめぐらし、骨肉相争う血みどろの暗闘をくりかえしているのだった。

桓武《かんむ》帝が怨霊の巣窟である長岡京《ながおかきよう》をすて、皇太子以下公卿《くげ》百官人《ひやつかんびと》をしたがえて平安京へ入ってから百九十余年を経たいま、平安の都城は、藤原北家《ほつけ》が栄耀栄華をほしいままにしている。

藤原氏は大化改新《たいかのかいしん》で有名な鎌足《かまたり》の子、不比等《ふひと》の子供たちの代に、北家、南家、式家、京家の四家に分かれた。

この四家のなかで、北家は冬嗣《ふゆつぐ》、良房《よしふさ》、基経《もとつね》といった辣腕《らつわん》の権謀家を擁《よう》して他の三家を圧倒し、朝廷における独占的な権力基盤を確立していったのである。

だが、藤原北家の驕奢淫蕩《きようしやいんとう》は、寿命を短くし、若死する者が多かった。

藤原北家（摂関家《せつかん》）の専横を憎む宇多《うだ》天皇は菅原道真《すがわらのみちざね》を参議に起用した。その菅原道真が右大臣にまで累進して摂関家の当主、左大臣藤原時平《ふじわらのときひら》とならんだとき、藤原一族は謀略をもって大政治家菅原道真を失脚させ、大宰権帥《だざいのごんのそつ》に左遷してしまった。

菅原道真は藤原一族にはげしい怨みを抱きつつ、延喜三年（九〇三）二月、太宰府で死んだ。享年五十九歳であった。

これ以降、菅原道真の怨霊が平安京で猛威をふるうようになったのである。

道真が死ぬと、京において様々な怪異が頻発した。

謀略を駆使して道真を廟堂から放逐した左大臣時平は三十九歳の若さで病床に臥し、四十五日間も高熱を発して悶え苦しんだのち、冥土へ旅立ってしまった。

道真失脚の陰謀の筋書を書いたとされる参議《さんぎ》の藤原菅根《すがね》は、内裏《だいり》で季節はずれの雷《いかづち》に蹴殺《けころ》され、全身黒焦げの焼死体となった。

右大臣の源光《みなもとのひかる》は狩に出て、泥田に落ちて蝮《まむし》に急所を咬まれ、無残な最後を遂げた。

内裏の一部が紅蓮《ぐれん》の焔を噴《ふ》きあげて炎上したときは、無数の熱線が舞いふぶく暗空いっぱいに、怨念すさまじい道真の貌《かお》があらわれ、ひとびとは身の毛をよだたせて地に伏し、歯の根も合わぬほど震えつづけたという。

このように菅原道真追い落しの謀略に加担した者どもや、その公達《きんだち》や孫がほとんど怪死したのである。

時の醍醐《だいご》帝は道真の怨霊を心から信じ、藤原時平の妹の女御《にょうご》が生んだ皇太子保明《やすあき》親王が突然死すると、皇太子広明《ひろあきら》親王を生まれて以来、三年もの間、一日も太陽の光にあわすことなく、昼も夜も格子をおろした密室で、帳内に灯をとぼし、衛士を徹夜交代させて、いたいたしい赤子の命の緒《お》をひたすら守ったのだった。

菅原道真の怨霊だけでなく、藤原百川《ももかわ》の謀略で殺された井上《いのうえ》内親王、おなじく百川に謀殺された他戸《やりど》親王、政敵玄昉《げんぼう》を排除しようと挙兵し、敗れて斬殺された藤原広嗣《ひろつぐ》、兄の桓武帝に無実の罪を着せられた早良《さわら》親王、無実の罪で捕えられ、拷問をうけ、流刑の途中で死んだ橘 逸勢《たちばなのはやなり》、承平《じょうへい》、天慶《てんぎょう》の大乱の主謀者藤原純友《すみとも》、平 将門《たいらのまさかど》の怨霊などが、平安の闇に渦巻いているのである。


寛和六年（九八五）冬。

その夜は、冬にもかかわらず、あたかも梅雨季《つゆどき》のようなむしむしとした異様な暑さであった。

空には月も星もない。

平安京の在京はぶあつい闇の底に沈んでいる。

風はそよとも吹かない。

なにやら、生まぐさい。

妖気のようなものが漆黒の闇にたれこめ、いくつか鬼火のような鱗光《ひかり》が空中に茫《ぼう》と浮かんでいる。

鬼火どもはからんだり、舞いあがったり、奔《はし》ったりしながら、東三条《ひがしさんじょう》の方向にふわふわとただよっていく。

やがて、東三条の大納言藤原兼家《かねいえ》の第館《ていかん》が闇の中に黒々と盛りあがってきた。壮大な屋敷であった。一区画《いちくかく》の条坊全部が兼家邸になっている。この豪壮な邸宅が藤原摂関家の栄華を象徴しているといっていいだろう。

ぶきみな鬼火のむれは、兼家邸を取りまいている築垣《ついじ》のまわりを妖しくまわりはじめた。

生まぐささが一段と濃くなっていく。

怨霊がたちあらわれる前兆《きざし》かもしれない。

むし暑い闇の底から、墨のような人影がにじみだし、兼家邸の門前に立った。

「ふっ、ふふ、権力亡者《もうじゃ》めが……」

人影の唇から毒のこもった低い笑みが洩れた。

鬼火どもが人影を導くように兼家邸に奔っていく。

人影は、兼家邸の巨大な閉ざしてある屋倉門の頑丈な樫《かし》の扉を、妖異なことに、霧でできているかのようにすりぬけていった。

怨霊であろうか。

2

桓武帝の建設した平安京は、大唐《とう》帝国の都城長安《ちょうあん》になぞらえて造られた。平安京はその東、北、西に山峰《さんぽう》がつらなり、北部の山塊《さんかい》に源を発した鴨川が北高南低の地形にしたがって南流し、堀川の水路を通って東の山裾をながれる高野川と合流している。

平安京の西には桂川が南に水脈をひらいて鴨川と合流し、やがて淀川にそそぐ。

平安京は南北三十八町（約五・三一キロ）東西三十二町という大都である。

大内裏《だいだいり》は、北は一条におこり、南は二条にいたり、東は東大宮から、西は西大宮にいたって、南北四百六十丈（約一・四キロ）東西三百八十四丈（約一・二キロ）、全面積五十万坪を占め、瓦屋根をいただいた高い築垣をめぐらし、その外を深溝が流れ、四方に十二の門を開き、内部には皇居と中央官庁のすべてをはじめ、さまざまな儀式の殿堂などが瑠璃《るり》色の甍《いらか》をならべている。

日本の天皇家が名実ともに日本の帝となり、絶対権力を確立したのは、七世紀半ば以後のことであった。最も強大な蘇我《そが》氏をクーデターによってほろぼし、ひきつづいて大化改新を断行して、唐の制度にならった中央集権の制度をしき、時代のながれとともにこれを整備していって、日本全土の民と富とをあつめ、奈良朝の盛世を招いた。

平安京の大内裏は天皇家の繁栄の最もみごとな象徴というべきであろう。

けれども、百数十年経つと、天皇家の権力は藤原摂関家にうばわれ、帝《みかど》は飾雛《かざりびな》的な存在となり、諸国には在地の地主が続出し、群盗が跳梁跋扈《ちょうりょうばっこ》するようになった。

すなわち、かつては天皇家の栄えのもとであった中央集権の制度が老衰期に入りかけているといってもいい。

寛和二年（九八六）二月下旬、路傍の冬枯れの草のあいだに、青い韮《にら》科の草が点々と群れ、その青は野や丘にひろがって、春の気配のさきがけをなしている。

左京北辺二坊五町あたりに大きな甍をうねらせる顕官や長者の第館の庭では、臥竜《がりゅう》梅《ばい》や豊後梅《ぶんごうめ》の可憐な蕾《つぼみ》がほころびかけている。

平安京の男女、貴族、士庶はことごとく首を長くして春を待ちかねている。

藤色の立烏帽子《たてえぼし》をかぶり、山吹色の狩衣《かりぎぬ》に葡萄《えび》染《ぞ》めの指貫《さしぬき》という瀟洒《しょうしゃ》な姿で、銀造《しろがね》りの太刀を腰に横たえた公達が、都大路《みやこおおじ》を西市に向けて歩を進めていく。

凛々《りり》しい貴公子であった。

おもながな顔は、眉があがり、唇がひきしまって、利かぬ気の少年のような容貌をもっている。

藤原道長《みちなが》である。藤原摂関家の嫡流《ちゃくりゅう》ながら、父兼家の不遇隠忍《ふぐういんにん》もあって、二十一歳で従《じゅ》五位下右兵衛権佐《うひょうえのごんのすけ》という軽い身分にあまんじている。

だが、道長は自分の身分や累進について、さほどに頓着しなかった。むしろ、恬淡《てんたん》としている。おのれの出世に眼の色を変える貴族のなかでは、稀《まれ》であろう。道長は竹を割ったようなさっぱりとした気性であった。

道長の横に、法師拵《ごしら》えをした人物が飄々《ひょうひょう》と歩いている。放髻《はなちもとどり》（烏帽子をかぶらない髻《まげ》）にしている髪はつややかな銀髪で、軀《からだ》は凧《たこ》の骨のように痩せているが、足どりには矍鑠《かくしゃく》たるものがある。

風の法師という。

小さな顔で、眼が仔山羊《こやぎ》のように澄んでいる。眉間《みけん》に白毫《びゃくごう》まがいのほくろがあった。細い手足を持ち、喜怒哀楽に関しては感情をあらわにし、ときに滑稽を感ずると笑いがとまらない。あるいは、童《わらべ》の心をいまだにうしなっていないのかもしれない。

風の法師は、藤原氏でも値の安いほうの血統《ちすじ》で、若いころからろくな官にもありつけず、人を罵り、世を怒り、四十の齢《よわい》をすぎたころ、山科《やましな》の竹林《ちくりん》に隠棲《いんせい》してしまった。

隣の大陸に、竹林の七賢というのがある。代表的なのは、阮籍《げんせき》であろう。

阮籍ら、竹林の七賢《しちけん》とよばれる人たちは、政治権力から遠ざかり、虚無《きょむ》主義的な色彩をおび、酒を愛し、竹林にこもって清談《せいだん》にふけった。気の合った友人は青眼《せいがん》で迎え、俗臭ふんぷんたる者は白眼視《はくがんし》した。

清談は人物評論、政治談義、老荘的な哲学論などが中心であった。

風の法師は大陸の竹林の七賢の生きかたに共鳴するところがあるのだろう。

正親町小路《おおぎまちこうじ》の道長の屋敷にどうして風の法師が出入りするようになったのか、道長はあまりよく知らない。ただ、酒の入った瓢箪《ひょうたん》を肩にかついでやってくる風の法師は、子どものころから身近かな存在であった。

父の兼家は、少年時代の道長にとって縁遠いひとであり、近寄りがたかった。父は正親町の屋敷に住む母のもとに通ってくるだけで、道長と一緒に暮したことはない。

母の時姫《ときひめ》は摂津守《せっつのかみ》藤原中正《なかまさ》の娘で、とくにすぐれた家柄ではなかったが、かがやくばかりの美貌で、妻にしたがる公卿は多く、恋慕を打ち明ける文が降るようにきたという。

兼家は時姫の美貌に心をうばわれ、二人のあいだに道隆《みちたか》、道兼《みちかね》、道長をもうけた。道長が生まれたとき長兄道隆は十四歳、次兄道兼は六歳であった。

風の法師は少年の道長にさまざまな物語を聞かせた。この物乞とさして変わらぬ風体《ふうてい》をした酒好きの法師は、おどろくべき博識で、ことに隣国である唐土《とうど》にくわしかった。

「三百年近くも延々として栄華をきわめ、天地とともにつづくとおもわれていた大唐帝国が、朽木の倒れるごとくに倒壊し、五代の分裂時代を経て、大宋《そう》帝国が興った。都城開封《かいほう》は前古無比《ぜんこむひ》のにぎわいをみせているというぞ」

風の法師はそういうと瓢簞の酒をぐびぐびと喉にながしこんだ。

「唐は、太宗《たいそう》の頃は、貞観《じょうがん》の治《ち》といわれ、馬手が野をおおうばかりに増え、五穀が豊かに稔り、戸じまりの必要がないほどに治安がよく、まことに平和であったが、楊貴《ようき》妃《ひ》との恋で有名な玄宗《げんそう》のころから、陽がしだいに傾き、ついに落日を迎えたというわけじゃ。王朝が長くつづけば、それだけ政治は腐敗し、ひとびとは酷税になやむようになる。そうして、唐という老帝国は滅亡したのだが、頓死《とんし》はせず、死にいたるまで惨烈《さんれつ》な苦痛が持続したのじゃ」

風の法師は、そのような隣国の変遷を身ぶりをまじえてわかりやすく道長におしえてくれるのである。

西市がちかくなった。

平安京は、羅城門《らじようもん》から大内裏にのびる朱雀大路《すざくおおじ》によって左京と右京に距《へだ》てられる。朱雀大路の両側には、楡《にれ》、槐《えんじゅ》、柳などの並木がつづき、枝々はなお寒い風にためらいつつも春を招いている。

左京は主として屋敷町で、右京は民家のひしめきあう町で、西市は喧騒のちまたである。

あちこちの路地に人だかりができている。

「正親町の御曹子《おんぞうし》よ、ちと見物しようではないか」

風の法師は人だかりのうしろから、田のなかの鶴のように脛《すね》をのばして突っ立ってのぞきこんだ。

牛飼や舎人《とねり》や雑人どもが十人ほどもたむろし、眼を血走らせて莚《むしろ》をみつめている。

「投銭《がにうち》じゃて」

風の法師は鼻の穴をほじりながら、皺《しわ》だらけの顔に茶目な笑みを浮かべた。

〝投銭〟と俗によばれる博奕《ばくち》で、当時の庶民の間で流行《はや》っていた。

胴元の男が数枚の穴あき銭を両手のひらにかくし、ジャラジャラと握り音を立てて、莚に投げる。文字の銭面と模様の銭面とが、どう出るかに賭け合う単純な博奕である。

道長は、莚をかこんでいる連中に少なからず興味をいだいた。

かれらの形相は赤鬼のようで、殺気立ち、そのやりとりは、話気と話気が火を発するかのようにはげしかった。

「人間の欲心が赤裸《あかはだか》に顔にあらわれるのよ」

風の法師が小馬鹿にするように笑った。

西市は、道の両側に商家が軒を連らね、路傍にも物売りたちが莚に野菜だの、干魚だの、小鳥だのをのせて売り声を張りあげている。

商家は酒屋、あぶら屋、米屋、衣装屋、かつら屋、櫛屋、筆屋、道具屋、臙脂《べに》屋、塩屋、雑貨屋、薬屋、あらゆる店が並び、品物があふれかえっている。

諸国から荷をはこんできた商隊が馬の背の荷をおろす場所も西市であり、傀儡《くぐつ》の娘たちが長い髪を背になびかせて歌舞《かぶ》してみせるのもこの西市であった。

傀儡の娘たちは白綾《しらあや》の袿《うちぎ》に、緋《ひ》の袴《はかま》をはき、顔にも、胸にも、手にも、真っ白に白《しろ》粉《こ》を塗りたくり、唇には玉虫色に光る臙脂を点じていた。気味の悪いほどけばけばしい化粧だが、彼女たちのかがやきの強い瞳には、一種異様な妖しい美しさがあった。

傀儡は奈良朝以前に大陸から日本に渡来した漂泊族で音楽、幻戯《めくらまし》、舞踏、狩猟などに特殊な技術と能力をもっている。

かれらはつねに数十人の集団をなして諸国を漂泊して歩いた。宿舎は幕舎《ばくしゃ》で、もとめる人があればもとより、もとめられなくても、行く先々の土地の勢力家や豪族の門前に推参《すいさん》して、弾吹《だんすい》し、歌舞して祝儀をいただく。女は妻であろうが、娘だろうが、所望があれば売色《ばいしょく》する。女の夫も、親も、嫉妬したり、とがめたりすることはない。

幕舎にいるときは、男性性器を神格化した賽《さい》の神を拝し、終夜その前で音楽を奏し、狂躁《きょうそう》をきわめるという。

朝廷に叛旗《はんき》をひるがえして瀬戸内海を制圧した海賊の頭目《とうもく》、藤原純友は傀儡族を味方にして、京の闇を跳梁したといわれている。

いずれにせよ、謎の多い集団である。

道長と風の法師は雑踏をゆったりと歩いていく。久しぶりに喧騒のちまたに身をゆだねた道長の眼には好奇心が息づいていた。

織るような人波を縫って、小動物のように道長めがけて走り寄ってきた者があった。娘だった。漆黒の髪を振り乱している。粗末な麻の衣服をわずかに肌をつつむばかりに着ているその娘は、両手を縄で縛られ、唇から鮮血をしたたらせていた。顔は泥と血と汗にまみれ、みひらいた瞳は敵愾心《てきがいしん》にみちた自我のきらめきを発している。

「お助けくださいまし」

娘は訴えかけるように叫ぶと、道長の背中に隠れこんだ。

足音がなだれるようにせまってくる。

人々はおどろいて両側へ寄った。

棍棒や竹をふりかざした雑人が眼を怒らせて道長に猛然と肉薄してくる。

道長は動ずる風もなく、いたって涼しげであった。

「小冠者《こかんじゃ》、のけやい」

むさくるしい髭面の男が突きとばさんばかりの勢いで道長にせまり、棍棒をふりあげて威嚇した。

「その娘は、筑波《つくば》太夫《だゆう》さまが買われた奴婢《ぬひ》だ、仏心《ほとけごころ》をだして助けようなど片腹いたいわ。貴様の細腕をへし折ってくれるぞ」

道長はむなぐらをつかもうとする髭面の雑人の利き腕をひょいととらえてひねりあげ、力まかせに突きはなした。

髭面の雑人は地べたに尻もちをついた。

「やりやがったな、小冠者、打ち殺してくれるぞ」

雑人どもは血相を変えて道長をとりかこんだ。

「やめやい、やめやい」

袋烏帽子《ふくろえぼし》をかぶり、美服をまとったあぶら顔の商人《あきんど》が、人波をかきわけて道長の前にのっそりと進みでてきた。

「いずこの御曹子か知りませぬが、その娘は、てまえどもが買い求めた奴婢で、東国へ連れまいるところ、縄を噛み切って逃げたのでございます。てまえどもにおひきわたし願いましょう」

「その方が買ったというのか」

道長がいった。張りのあるいきいきとした声であった。

「いかにも」

「では、まろに譲れ」

「けっこうでございますよ」

商人は揉《も》み手しながら、狡《ずる》そうに道長の顔いろをうかがった。

「されど、商談と申すものは値《あたい》が折り合わねば成立しないものと心得えなされ。あなた様の背中にかくれひそんでいる奴婢は、それがしがことのほか気に入った娘でして、値も高うございまするぞ」

道長は何もいわず、懐《ふところ》から錦繍《きんしゅう》の小袋をとりだすと、無造作に路面にほうった。

商人はいやしげな笑みを口のはしににじませながら、錦繍の小袋をひろいあげ、中をあらためて仰天した。

「こ、これは‼」

「娘は譲りうけたぞ。用はあるまい。去れ」

道長は犬でも追うように手を振った。小袋には砂金がつまっていたのである。

商人と雑人どもはこそこそと人混みのなかにまぎれこんでいった。

「娘、もう隠れなくともよいぞ」

道長は目許《めもと》をなごませるとうしろを振りかえり、ひざまずいている娘の前にかがみ、両手首を縛《いまし》めている縄をほどいてやった。

「ありがとうございます」

娘は顔を地べたにこすりつけ、全身で謝意をあらわした。

「おまえは自由の身だ、郷里《くに》に帰って親を安心させてやるがよい」

娘はおずおずと顔をあげた。汚れきった顔のなかで、大きな瞳がきらきらと光っている。

「満月の夜に、信太《しのだ》の森においでくださいまし。きっと、おいでくださいましね」

そういうと、娘は脱兎《だっと》のごとく駆けだし、道長の視野から消え去った。

「正親町の御曹子、とんだ散財《さんざい》でござったな」

風の法師が剽《ひょう》げた笑みを浮かべた。

「世の中には、あのように買われていく娘が星の数ほどござるわい。いちいち情けをかけていたなら、どれほど分限《ぶげん》であろうと身代《しんだい》がもたぬぞ」

「法師、あの娘はまろに助けを求めた。それゆえ、助けたまでのことだ。袖擦《そです》り合うも他生《たしょう》の縁《えん》というではないか」

道長は闊達《かったつ》な笑みを含み、ややあって笑みをとめ、いぶかしげに眉をひそめた。

「あの娘、満月の夜に信太の森にこいというたが、信太とは泉州《せんしゅう》信太のことだろうか」

「おおかた信太の里から人買いに買われ、市に売りにだされたのであろう。籾《もみ》や馬の臭いが粗《あら》い皮膚にしみついた娘であろうと、東国へ連れていけば、西国女というだけで高く売れるゆえな」

風の法師はくえない笑みをうかべながら、しなびた胡瓜《きゅうり》のようなしゃくれ気味のあごをひねりあげた。

3

道長は橘逸人《はやんど》と泉州への道を歩いていた。

助けた娘の『信太の森へおいでくださいまし』といった言葉が胸にのこっていたのだ。その声には、道長の心に呼びかけてやまないひびきがあったのである。

「どうだ、逸人、泉州へ旅してみようではないか。泉州には海がある。早春の海は、香気をただよわせてよいものぞ。ことに、早暁の海の色は、神聖色を感じさせるほどに深いなにかを湛《たた》えて、心が洗われよう」

道長はいたずらっぽく眼を動かしながら、言葉たくみに橘逸人を誘った。道長と橘逸人は勧学院《かんがくいん》の学生《がくしょう》時代、首席をあらそった仲である。

橘逸人は、橘逸勢の血脈に連らなる。

橘逸勢は、空海《くうかい》とともに唐土にわたったずばぬけた秀才で、嵯峨《さが》天皇、空海とともに三筆《さんぴつ》といわれる書の達人である。

弘仁九年（八一八）、大内裏の北面の山門の額の書を任されるが、承和九年（八四二）承和《じょうわ》の変に加担したとして捕えられてすさまじい拷問を受けた末に伊豆に流刑される。流される途中、拷問によって衰弱した身体がもたず、時の権力者を怨みぬいて無念の死を遂げた。

十一年後、橘逸勢は名誉が回復され、従四位下を贈られた。

そもそも、橘逸勢というひとは、うまれる前からこの世に敵意をもっていたのではないかと思えるほどに不満の多い性格で、日本の諸権威も、官界の門閥《もんばつ》主義も、すべてが気に入らず、さほどの学問もないくせに門閥を背負って官界にいる藤原氏の貴公子たちを憎むことがはなはだしかった。その性格は狷介《けんかい》で、矯激《きょうげき》であったとされる。そのように屈折した性格の橘逸勢が藤原氏から目の仇にされ、無実の罪を着せられたのだから、その怨霊の猛威は、まことにすさまじかったにちがいない。

橘逸人にも、祖《そ》の逸勢といくらか似かよったところがあり、やたらにひねくれた性格だが、道長だけには胸襟《きょうきん》をひらいた。

道長と橘逸人は学生時代、しばしば連れだって四条高倉あたりの売色小路に足をはこび、遊び女《め》たちと戯《たわむ》れ、あちらの姫、こちらの姫と文をとどけまくり、夜の闇にかくれて、姫のもとに忍んでいったものである。

「泉州か。さほど遠くもないし、泉州は春もはやい。行くとするか」

橘逸人は道長の誘いに応じた。

泉州には道長の母方の祖父藤原中正と懇意にしている多田直盛《ただのなおもり》がいる。

多田直盛は泉州の勢力家で、広大な田地を持ち、多数の作男をかかえ、牧場に数百頭の馬を飼っている。

この時代、馬は緑田《りょくでん》に次ぐ貴重な財産であった。

地方の豪族が京にのぼってきて朝廷の顕官らに猟官《りょうかん》運動するとき、贈物として効果があるのは、一に緑田、二に馬、三に絹といわれている。

泉州の多田大尽は馬商人で、財力がある。

道長は多田直盛に文を送り、多田屋敷に逗留《とうりゅう》することにした。

よく晴れた日で、白雲のかがやきがつよい。みわたすかぎり菜の花が咲きほこり、その黄いろが陽光に映えて眼に沁みる。

「あれが信太山だ」

橘逸人が扇子で指し示した。

淡い緑におおわれた山塊がはるかな南に盛りあがっている。

橘逸人は無類の博識で、勧学院の学生時代から諸国を放浪し、泉州の地理にもくわしい。

道長と逸人は淀川を船で下って摂津国の難波《なんば》にいたり、難波から徒歩で泉州に向かったのである。

「信太の葛葉明神《くずはみようじん》の祭神は、男体山に祀《まつ》ってあるのがイザナギの尊《みこと》、女体山にはイザナミの尊が祀ってある。すなわち、信太山そのものが陰陽神《いんようしん》であるのだ」

橘逸人がしたり顔でいった。

当時のひとびとにとって、男女という陰陽の合致によって新しい命が誕生するという事実は、まさに神秘にほかならなかった。

ひとびとは、命の誕生に神格のはたらきを認めざるを得なかった。赤ん坊を天からの授かりものとするのは、現代もおなじである。

「満月の夜には、葛葉明神の祭礼がある。祭礼というものは、神を慰め、楽しますことを目的としているのさ」

橘逸人は薄く笑った。

「わが祖、橘逸勢の畏友《いゆう》、空海大師は『理趣経《りしゆきよう》』の冒頭のくだりにおいて、こうのべている」

橘逸人はいう。

妙適清浄《みようてきせいじよう》の句　是菩薩《これぼさつ》の位《くらい》なり
欲箭《よくぜん》清浄の句　是菩薩の位なり
触《しよく》　清浄の句　是菩薩の位なり
愛縛《あいばく》清浄の句　是菩薩の位なり

「妙適とは、唐語《とうご》においては、男女が交媾《こうこう》して恍惚《こうこつ》の境地に入ることをいう。すなわち、男女交媾の恍惚の境地は、本質として清浄であり、とりもなおさずそのまま菩薩の位である、と、空海大師はのべておられるのだ」

橘逸人はおのれの博識をひけらかすように説明した。

道長は吹きわたる早春の涼風に身をゆだねつつ、ゆったりと歩をすすめていく。

野辺にはイヌノフグリやコスミレなどが可憐な花をつけている。

「欲箭とは、男女が会い、たがいに相手を欲し、欲することを熱望するあまり本能にむかって箭《や》の飛ぶように気ぜわしく妙適の世界に入ろうとあがくことをさすのだ。長衣裳《いしょう》をひきずって女人のもとに忍んでいく藤原一族の愚昧《ぐまい》な公達どもは、どれもこれも欲箭そのものといえようぞ」

橘逸人が蔑むように笑った。この若者も祖の橘逸勢同様、藤原氏など名門の貴公子たちにはげしい敵意をいだいているのだ。

「触とは男女が肉体を触れ合うこと。愛縛とは、男女がたがいに四肢をもって離れがたく縛り合っていることをさす。すなわち、男女の秘め事の一切が菩薩の位であると、空海大師は説いておられるわけよ」

道長が歩をとめた。

豪壮な館の前である。信太山に倚《よ》ってあたりを見下ろすような威圧的な構えであった。

周囲は土をかきあげて土居《どい》として、この地方に豊富な水をひいて濠《ほり》をたたえた内側に、十数棟の草葺《ぶ》きの家とおびただしい厩舎《きゆうしや》がならんでいる。

さすがに泉州の勢力家多田大尽の邸宅である。

門を入ると、麻の野良着をまとった七、八人の馬雑色《うまぞうしき》たちがせっせと馬を洗っている。馬のほうがひとより大切にあつかわれる時代なのである。

「正親町の御曹子、この泉州の馬くさい館へよくぞ御身体をはこんでまいられた。田舎ゆえ、なにもござらぬが、ゆるりと逗留なされ」

多田直盛は満面の笑みで道長を迎えた。藤原摂関家からすれば右兵衛権佐という軽官とはいえ、道長はれっきとした官人《つかさびと》で、朝廷の権威をその背になっているのだ。庶民にとっては、目もくらむばかりの高官である。

道長と橘逸人は多田屋敷の奥座敷に通された。

その夜、多田大尽は付近に漂泊している傀儡の者どもをよんで、歓迎の宴《うたげ》を催した。

傀儡の男たちはたずさえてきた包みを庭先で解いて、ドラ、太鼓、笛、笙《しよう》、四ツ竹、クダラ琴などさまざまな楽器をとりだし、すぐさま弾吹にはいった。

音曲のにぎやかなざわめきの中、四ツ竹を持った女と、クダラ琴をたずさえた女が、六尺ほどへだててあらわれ、座敷に座して酒盃を傾けている道長たちに一礼した。二人とも白衣をまとっている。

ドラがけたたましく打ち鳴らされた。一呼吸おいて、笛が切り裂くように吹き鳴らされた。太鼓がドロンドロンとぶきみな音をひびかせた。

すると、右の女が両手にもった四ツ竹をチャカチャカ鳴らしながら、兎のようにトンボ返りを打って、両足をそろえて立った。

「うぉっ」

酒盃をかざしたまま、橘逸人が驚嘆のうめきをあげた。

女のからだから純白の衣装がふわりと脱げ落ちたのだ。いつの間にか、クダラ琴の女も一糸まとわぬ裸形となっている。

ふたつの裸身が庭先の暗がりにくっきりと白蠟のようなかたちで浮きあがり、玉虫色の光沢をはなちはじめた。二人とも、衣装をまとっているときはかぼそい肢体に見えたが、胴が煽情的にくびれ、乳房と腰の張ったすばらしい裸身であった。

橘逸人などは、あごをつきだし、飛びつくような眼で、傀儡の二人の女の裸身をながめている。

狂躁的で、卑猥《ひわい》な音楽とともに、二人の女が向かい合っておどりだした。

露骨なまでに淫らな舞いであった。

二人はたえず旋回し合い、もつれ合い、からみ合い、追いつ追われつ、肢体をなやましげにうねらせて舞い狂う。二人の長く背に曳いた髪は、解けて乱れて空になびいたり、鞭のようにしなったり、あたかも生きもののようであった。

二人ははげしく腰をふり、ふくらはぎから腰の筋肉を思いきり躍動させながら、汗をしたたらせて踊り狂っている。二人は踊りながら乱れる髪をつかみ、それで首筋や乳房の谷間にしたたる汗をぬぐった。

二人の狂おしい動きにつれて、座敷の燭台の灯がたえず明滅し、そのたびに、座敷に居並ぶ者どもの昂奮をしぼりあげるように盛り上げていく。

道長は呼吸がつまりそうだった。これほど淫らで、あらわで、男の欲情を煽る舞踏を見たことがなかった。一種の嫌悪感をおぼえながらも、道長は目をそらすことができなかった。

やがて、二人の女は喉を切り裂かれたかのような悲鳴を発して、地べたに崩れ落ち、そのまま倒れ伏した。丸みを帯びた臀部や、くびれた腰や、汗に濡《ぬ》れた張りのある乳房が鱗色にきらめきながらそそるようにせまってくる。

多田大尽は口もとに扇をかざしながら、道長の耳もとでささやいた。

「いかがかな、正親町の御曹子、お気に召した女があらば、どれでも枕の塵《ちり》をはらわせることができますぞ」

多田大尽がゆったりと笑った。

「遠慮なさらずともよろしい。それが傀儡の女たちの主要な生業《なりわい》のひとつなのですからな」

もとより、道長はことわった。泉人の前で、裸身をさらして恥ずる色もなくおどる女など、さらさら御免だった。

が、傍の橘逸人はまんざらでもなさそうなおもつきである。

4

翌日は満月であった。

宵闇せまる頃、道長は多田屋敷の門を馬に乗って出た。

一人である。

さそっても、橘逸人は腰をあげようとしなかった。傀儡の女がよほど気に入ったのかもしれぬ。

道長は折立ての烏帽子をかぶり、萌黄《もえぎ》の狩衣に銀造りの太刀を佩《は》き、ムカバキをはき、扇子を持つという都の貴公子の清らかで涼しげないでたちで、信太山へ向かって馬を進めていく。

近づくにつれて、信太山から太鼓や笛の音《ね》が菜の花畑をわたる微風にのってひびいてくる。太鼓の音は波のうねりのようにのびやかで、笛の音は繊細で、優雅で、野鳥の啼《な》き声のように透明な音色をおびている。

陽はすでに没している。

信太山の頂きや、空にたなびく絹のような夕雲にはシャクナゲ色の残照《ざんしょう》があり、その照りかえしで、あたりはまだほのかに明るい。

「信太の森か」

馬を打たせる道長の口もとが気配ばかりほころんだ。京の西市で助けた少女の声が心に訴えかけてくる。

「満月の夜に、信太の森においでくださいまし。きっと、おいでくださいましね」

京からわざわざ足をはこんでくるなど、酔狂《すいきょう》なものだ。

道長はにがそうに頬をなでた。とはいえ、胸には好奇心がうずいている。なにかの起こる予感がしてならないのだ。あの粗末な麻の衣服をまとった土くさい娘の呼びかけが、何者かの霊妙《れいみょう》な思念となって、道長を信太の森へたぐり寄せるかのようだった。

信太山の裾野はひろく、幾里にもわたっている。緑田はごくわずかで、原野や原生林のなかに小さな集落が散在していた。それらの集落のまわりだけがわずかに耕地化しているにすぎない。

隋唐《ずいとう》の絵画を見るような壮麗な平安京の巨大な羅城門を一歩出ると、そこはもう泥《でい》濘《ねい》と牛の糞《ふん》にまみれた一大貧民窟で、軒のかたむいた板葺きの長屋や莚をかけた掘っ立て小屋が密集し、洞窟《ほらあな》に住む極貧者もおびただしい数であった。平安京の周囲に群れる貧民層の居住地帯のむこうは、草茫々《ぼうぼう》たる空閑地《くうかんち》が見わたすかぎり広がっている。原生樹林があり、古池があり、草深い田舎であった。

泉州信太もそうした田舎の延長なのである。

信太山の中腹の葛葉明神の境内からひびいてくる太鼓の音や笛の音は、草藪《くさやぶ》や雑木林のかげの集落から、若い男女を誘いだす。

すでに、信太山の空には満月が懸っていた。満月は雲の笠がかかり、ぼんやりと明るい朧月《おぼろづき》となっている。

そのおぼろ月夜の裾野の道を一人ずつ、二人ずつ、三人ずつ、ぞろぞろと山に登っていく。それは、蟻の行列のようにとぎれがなかった。

道長は一軒の農家に立ち寄り、なにがしかの銭をわたして庭に馬をつなぎ、飼糧《かいば》をやっておくようにたのんだ。

「あなた様も葛葉明神さまの祭へお行きなさるだか」

腰の曲がった老爺《おきな》が、しぼりあげた濡れ手拭のような笑いじわをつくった。

「嬥歌《かがい》は若い衆の楽しみじゃけえな」

信太の集落の者たちは信太山を陰陽神とあがめ、葛葉明神の祭礼の夜には、若い男女があつまって、歌を唱和しながら踊り狂い、感情の昂揚《こうよう》にしたがって手をとり合って陰所にかくれ、愛撫し合う。

これを嬥歌という。卑猥事にはちがいないが、当時のひとびとにとっては、あらゆることに優先する宗教上の厳粛な行事なのだった。

もとより、道長も嬥歌のことは承知していた。だが、嬥歌の淫事が目的で信太に身体をはこんできたのではない。

京の貴族階級もそうだが、当時の農村のひとびとは感情が豊かで、水田のほとりで踊ったり歌ったりすることが好きなうえに、男女の愛のかたちも華やかであり、ときに野放図でさえあった。

道長は群れ集う近在の村々の若者にまじって、ゆるやかな勾配をもって裾野をたてにつらぬく参道を信太山の葛葉明神へと登っていった。

嬥歌の場は葛葉明神の社殿からややはなれた男体山と女体山のわかれる尾根にあった。

みごとな樹相の巨大な杉が中央にそそり立ち、その巨杉がおぼろな月光に照らされて漆黒の竜のように感じられた。

中天にかかった朧月が杉の墨のような影と淡い光によって、そのあたりに複雑な模様を描きだしている。その曖昧な闇におおわれた広場では、いくつもの人の輪が微妙にうごめいていた。

広場をかこむ雑木林の深みからも、女の忍び笑いや男の熱っぽいささやきがつたわってきて、道長はなんとなくいたたまれないような気持になってきた。

太鼓の音がドドロン、ドドロンとにぶくひびいてくるにつれて、暗がりにひそむ男女のうごめきがしだいに気ぜわしくなっていく。

やがて、男女が巨杉をかこむ輪をつくって、歌いながら踊りだした。歌は俗謡《ぞくよう》で、口にだすのがはばかられるような淫猥な文句の連らなりだった。

その踊りの輪から一組ずつ男女がはなれて暗がりに融けこんでいく。ほどなく、月の光の照らさない真っ暗な場所のいたるところに、あえぎやうめきやそれらしい息づかいが洩れ、空気までもがねばねばした熱っぽいものにかわった。

「御曹子、正親町の御曹子」

おさえつけたような低い呼びかけがあった。

眼の前の闇の中でふたつの瞳が黒曜石《こくようせき》のようにきらめいて、吸いこむように道長をみつめている。

瞳に毅然《きぜん》とした野性の張りがあった。

「わたしはサキ、京《みやこ》で助けていただいたサキよ」

そういうと、娘が暗がりから鼬《いたち》のように走り出て、めんくらう道長の首っ玉にかじりついた。

「おいでになられたのね。うれしい」

拍子に二人は草むらのなかに転がった。

サキの長い髪がハラリと解けて、背中にながれ、腰まで蔽《おお》った。叢立《むらた》つ黒雲がさっとひろがったかのようであった。

道長は転がりながらサキを抱きすくめた。呼吸がはずみかえり、火のようなものが身体のなかで燃えあがった。破滅的ともいえる激烈な衝動が身体の中心から脳天に稲妻のように突きあがっていく。

道長はサキをおさえつけ、衣服を凶暴に剝ぎとった。藤原摂関家の貴公子にあるまじき野性的な荒々しさであった。

サキの肌はつめたくて、なめらかで、吸いついてくるようでいながら、筋肉がしっかりした手ごたえをもって皮膚の底にうねっていた。

道長は悩乱《のうらん》した。理性は一瞬にして意識下に陥没し、発情した野獣と化した。

これが狂気というものかもしれない。

だが、サキは道長のとっさの手のゆるみに身をひねって抱擁を脱し、すばやく跳びのいて逃げた。

「正親町の御曹子、サキはここよ」

サキは兎のように跳ねながら、白いのどを反らせて月を仰ぎ、はじけるように笑った。

道長は夢中でサキを追った。思考はまったくなく、本能のかたまりとなってサキに追いすがっていく。

サキは信太の裾野の雑木林のなかを風を巻く勢いで疾走していく。

雑木林のなかは、いちめんに霧がたちこめていた。

霧は魑魅《すだま》のようでもあり、精霊のようでもあった。真綿をひきのばしたような霧が、木立にからんだり、渦巻いたり、ながれたり、くずれたり、舞いあがったり、あたかも生きているもののようだった。

その霧の深みから、大きな黒い瞳がまばたきもせずに道長をみつめている。不思議なくらいによく光るけもののような瞳だった。

「正親町の御曹子、サキはここよ」

アハハハハ。

明るい笑いをはじけあがらせると、サキはくるりと背中を向けて、飛ぶように走りだした。道長をからかっているようでもあり、誘っているようでもあった。

道長は喉をあえがせながらサキを追った。なにかにとり憑《つ》かれたかのように眼が血走っている。

乳白色の霧がたちこめた林のなかを疾《はし》るサキは、銀色のけもののようだった。サキの笑い声が霧の林にこだまし、夜の信太の森のしじまをやぶった。

どれだけ走っただろうか。

道長は脚がもつれて立ちどまった。前かがみになり、両手を膝に当てがって、はずみかえる呼吸をととのえた。

(童のころにもどったようだ)

道長はわれながら可笑《おか》しくなり、下腹あたりから笑いがこみあげてきた。

ふと気づくと、孟宗竹《もうそうちく》の林であった。

竹林は不思議なことに、あたりいちめん、明るくて、おぼろで、乳色の世界だった。

霧は、そのこまかな粒子のひとつひとつに真珠色の光をふくんできらきらと光った。

しばらくして、掃きよせるように、端のほうから霧が薄くなって、水墨でぼかし描きしたように、萱葺《かやぶ》きの瀟洒な庵《いおり》が朦朧《もうろう》とたちあらわれてきた。

「もののけの棲処《すみか》か」

道長はいぶかしげに眉根を寄せ、用心深く庵に歩み寄っていった。

5

庵の濡れ縁に人影が端座《たんざ》している。

おぼろな月の光が青い花束のように庵の屋根にくだけている。

そのひとは紫の立烏帽子をかぶり、薄紫の直衣《のうし》をまとい、手に白扇をたずさえていた。

「正親町の御曹子、おいでなされ」

透明感のあるやわらかな呼びかけがつたわってきた。深いひびきのある声であった。

道長は霊妙な糸にたぐりよせられるように濡れ縁に座す人物に近づいていく。

月光がその人物の顔にふりかかった。

道長は思わず息をのんだ。

錦絵のなかからぬけでてきたような水もしたたる貴公子であった。

おもながな顔は神秘的なまでに優婉《ゆうえん》で、情趣をたたえ、少女のように繊細だった。目鼻の冴えは、女にも勝ってみずみずしい。けれども、薄い唇は意志の力をあらわすかのようにきりっとひきしまっている。

流れるような細く黒い眉の下の眼は、おどろくほどすずやかであった。

「お待ち申しておりました。わたしは安倍晴明《あべのせいめい》と申しまする」

安倍晴明は近づいてきた道長にゆったりと会釈し、目許を親しげになごませた。

「さあ、どうぞ。わが庵におあがりなされ」

すると、かすかな衣擦れ《きぬず》とともに、霧のなかから木蓮《もくれん》の花のような衣装をまとった少女がすすぎを持ってたちあらわれてきた。少女はにっこりほほえむと道長の沓《くつ》を脱がせ、足をしゃかしゃかと洗った。

道長は庵のなかに通され、花もようの円座に座した。

一穂《いっすい》の燭灯《しょくとう》がさしてひろくない座敷を真昼のように明るく照らしている。

ほどなく、さきほどの少女が桜茶をはこんできた。

道長は喉がかわいていたので、一服すると、甘露のように口のなかに沁みわたった。

安倍晴明は微笑をたやさない。道長の気持ちを暖かくするような親密な笑みである。

いくつぐらいだろうか。

道長と同年のようにも思える。

だが、理知的な双眸《そうぼう》は深沈《しんちん》として思慮に富み、しかも、生死を超越したような澄みようであった。

二十歳の若者の肉体に、豊かに年齢を重ねて円熟した教養人の精神がやどっている。

安倍晴明について、道長はそうしたある種ちぐはぐな印象をもった。

「思った通りにござる」

安倍晴明はほんのりと微笑を洩らし、満足そうにうなずいた。

「御曹子には覇気《はき》がございまする。火を発するがごとき覇気が」

道長は返答に窮し、安倍晴明の端麗な顔をまじまじとみつめた。

「しかも、眼は名駿《めいしゅん》のような悍気《かんき》を帯びている。まさしく、名宰相《めいさいしょう》の器《うつわ》でございますぞ」

安倍晴明は優雅な挙措《きょそ》で湯のみをとりあげ、桜茶を一服、喫《きっ》した。この人物は香薬《こうやく》のようにかぐわしい行儀作法を身につけている。

「いまや、この世は澆季《ぎょうき》（世の末）の相《すがた》をいたしております。このままでは遠からず滅亡いたしましょう」

安倍晴明がおもむろに口をひらいた。めりはりのある明晰《めいせき》な口調であった。

道長は無意識に容《かたち》をあらためた。緊張感が精神にこもった。

「世のひとは、上は帝、公卿顕官、貴族から下は田夫《でんぶ》、雑人にいたるまで、怨霊《おんりょう》、悪霊、死霊、冥府《めいふ》の闇より立ちあらわれる人魂《ひとだま》、鬼、餓鬼《がき》、魑魅《すだま》、魍魎《もうりょう》など異形の妖怪変化におそれおののくしまつにござる。されど、世の中でなにが怖ろしいといっても、このままではいかぬ、どうにかせねばますます悪くなるばかりとわかっていながら、どうすることも出来ないというほど怖ろしいことはござりませぬ。道長卿、いかがでありましょう」

「…………」

道長は唇を嚙みしめた。藤原摂関家嫡流の名門に生まれ、今日まであまり物事を深く考えず、のんびりとすごしてきた。朝廷内のすさまじい権力闘争はうすうす知っているが、他人をおしのけてまで累進し、栄達しようとは思わなかった。

「道長卿はひとのうらやむ環境にお育ちなさいましたゆえに」

安倍晴明は好ましげに道長をみやり、すぐさま表情をきびしくひきしめた。

「されど、道長卿はいずれ、朝廷、廟堂にうごめくさまざまな陰謀や謀略の渦中に身を投ずることになりましょう。藤原摂関家に生をうけた道長卿の宿命にござる」

安倍晴明の靭《つよ》いひびきのある声が道長の魂をはげしく打った。

「親、兄弟が血で血をあらう骨肉の争いをつづける。それが藤原摂関家の業《ごう》というものにございますぞ」

たしかに、父の兼家は悶々とした日々を送っているようである。

世間は兼家を『ふて腐れの君』とひそかに呼んで、わらっている。

通称は『東三条大納言』である。東三条に兼家の屋敷があったからだ。

「まろの一生などふて腐れよ」

というのが、兼家の口癖で、昼間から酒盃をはなさず、夜ともなればあちこちの妻のもとに通っていく。

兼家の妻は、正式なものだけでも八人をかぞえる。当時は一夫多妻制で、顕官になればなるほど大勢の妻を持つことになる。

当時の貴族はそうした妻たちと共に生活をしない。自分の本邸から妻たちのもとに通いつづけるのである。

兼家の妻と呼べる女性は、道長の時姫、正四位陸奥守《むつのかみ》藤原倫寧《ともやす》の娘、従三位藤原国《くに》章《あき》の娘対《つい》の御方、正四位中宮亮《ちゆうぐうのすけ》藤原忠幹《ただもと》の娘、村上《むらかみ》天皇皇女保子《やすこ》内親王、正四位下参議源兼忠《かねただ》の娘、中将《ちゆうじよう》の御息所《みやすんどころ》と呼ばれる女性らである。このほかにも、兼家の恋の相手は多数いるであろう。

道長には同母の兄道隆、道兼のほかに大勢の異母兄弟がいるが、そのうちで、円融《えんゆう》帝の女御となり、めでたく懐仁《かねひと》親王を誕生させた詮子《せんこ》という姉とはひどく仲がよく、詮子も齢のはなれた利発な異母弟の道長をわが子のように可愛がった。

道長は三歳の幼児でなにもわからないが、安和二年（九六九）三月二十五日に突如として起こった『安和《あんな》の変』という一大謀略事件において、父の兼家は辣腕をほしいままにしたらしい。

『安和の変』とは、藤原北家得意の謀略によって、当時朝廷の首班であった左大臣源高《たか》明《あきら》を廟堂から放逐した事件である。

源高明は醍醐帝の皇子で、七歳のとき、他の六人の皇子皇女とともに源朝臣《あそん》の姓を賜わって、臣下の列に入った。

高明は成長にするにつれてめきめき頭角をあらわし、才気煥発《さいきかんぱつ》で、『西宮記《さいきゆうき》』という著書もあり、秀れた文人政治家であった。

この源高明を、藤原摂関家の伊尹《これただ》、兼通《かねみち》、兼家の三兄弟が清和源氏の総帥《そうすい》で武士の源満仲《みつなか》をひきこんで追い落としたのである。

源高明は冷泉帝《れいぜい》を廃《はい》しようとした罪により大宰権帥に左遷され、警察、司法を職とする検非違使《けびいし》にうむをいわさず連行されてしまった。

世間《よのひと》は権力奪取に鬼火のような執念を燃やした藤原摂関家を恨み、無実の罪によって失脚させられた源高明にいたく同情した。

安和の変の首謀者藤原師尹《もろただ》は左大臣に昇り、権力を掌中《しゅうちゅう》にしたが、十月に病死し、高明をおとしいれた祟りだ、と、世間はうわさした。

翌年、七十歳の摂政太政大臣《せっしょうだじょう》実頼《さねより》が死ぬと、伊尹が摂政となり、二年後、伊尹がなくなるとその弟兼通が関白となった。

この関白兼通とその弟で道長の父大納言兼家の確執《かくしつ》は、想像を絶するすさまじさであった。

その頃の朝廷の首脳実頼、師尹が、策の多い腕達者な野心家である兼家を危険視し、兄の兼通を累進させたのである。

兼家が腹わたのよじれるほどにくやしがり、歯をきしませて兼通を憎悪したのはいうまでもない。

兼通は兼家を大納言に据えおき、いとこの頼忠《よりただ》を左大臣にひきあげ、自分の子供たちを次々と昇進させた。

　貞元二年（九七七）十月、病いに臥した兼通は、兼家が大納言として兼ねていた右大将という要職をうばい、関白を頼忠に譲り、十一月に五十三歳で死んだ。

　いまは花山帝《かざん》の御世である。

　頼忠は名ばかりの関白で、朝廷の実権は前摂政伊尹の子の権中納言義懐《よしちか》に移り、有能な官僚蔵人権左中弁《くろうどのごんさちゅうべん》藤原惟成《これしげ》と組んで、銭貨の流通をはかり、新立の荘園を停める令をだすなど、意欲的な政策をつぎつぎに実現させていった。

『ふて腐れの君』大納言兼家は隠忍の日々である。

6

　蟬《せみ》の羽のような薄い衣装をまとった六歳ほどの童女が三人、しずしずと廊下をわたってきて、道長の前に膳を並べた。童女たちは一様に象牙の雛《ひな》のような顔立をしている。どういうわけか、つくりものの人形のように思えた。

　笹の葉で巻きしめた柔餅《やわらかもち》、干し鮎の煮びたし、蜜漬けの杏《あんず》、干鮭《ほしざけ》を薄く削いだ楚割《すわやり》、雉子《きじ》の焙《あぶ》り肉などが乗っている。

「道長卿、ありあわせの品々ですが、遠慮なさらずに箸をおつけください」

　安倍晴明がやわらかな微笑をたたえてすすめた。

「それでは」

道長は箸をとった。じつは、さきほどから空腹でしかたがなかったのである。料理は、どれも繊細で、微妙な味わいがあり、おどろくほど旨《うま》い。道長はこのように美味な料理を口にしたことがなかった。

食事をしていると、なにかの入ってくる気配がした。振りむくと、毛のふさふさした銀狐であった。

銀狐は安倍晴明にのっそり近寄ると、両前脚を晴明の肩にかけて、彼の頰を愛おしそうに舐《な》めはじめた。

道長は眼を丸くした。

「わたしの母でござる。ずいぶんと齢を重ねて、すっかり老狐《ろうこ》になりましたが、それでもまだまだ矍鑠としております」

安倍晴明が表情をなごませた。銀狐は晴明の膝にのり、猫のように目を細めて丸くなった。

食事がすむと、安倍晴明は膝の銀狐の背を撫でながら口をひらいた。女人のように白くて細いしなやかな指であった。銀狐が気持のよさそうな寝息をたてはじめた。

「澆季の世となると、天妖《てんよう》、地妖《ちよう》、人妖《じんよう》と申し、いろいろと怪異が起こるものでござる。唐《から》でも、天竺《てんじく》でも、世の変わり目には異形のものどもが暴れ狂いました。とりわけ、人妖はひとの欲心にとり憑きます。失礼ではござるが、道長卿の父君、東三条大納言卿のまわりにも、醜怪《しゅうかい》な人妖の影が忍び寄っております。東三条卿は人妖に魅せられ、おそるべき策を練りましょう」

安倍晴明の深い色をたたえた眼に、一瞬、峻烈《しゅんれつ》なひらめきが生じた。

道長は安倍晴明の視線が眉間に射込まれた衝撃によって、思わずのけぞってしまった。彼の腋の下に冷や汗がしたたった。

「道長卿には、これよりさまざまな怪異が襲いかかってくるでありましょう。卿は臆せず、怪異に立ち向かわなければなりませぬぞ」

「なぜ、怪異がまろを襲うのでしょうか」

道長は当惑を禁じ得ない。

「世の闇の棲む悪《あく》と邪《じゃ》にとって、道長卿は邪魔な存在だからです」

安倍晴明が語気をつよめた。

「古来、母親のように優しい王朝など、あったためしがありませぬ。苛斂誅求《かれんちゆうきゆう》が王朝の常態と申せましょう。とはいえ、限度というものがあります。公領《こうりよう》の民《たみ》の租《そ》は米二斗二升、庸《よう》（力役）が十日、調《ちよう》（土産品献上）が絁《あやぎぬ》八尺五寸、絹糸であれば八両、雑《ざつ》徭《よう》（臨時力役）六十日と定められております。これほど重い租税であるにもかかわらず、中央から派遣された国司どもは、私利私欲をむさぼり、これに輪をかけて民をしぼりにしぼる。それゆえ、民の暮らしは目もあてられない惨憺《さんたん》たるものにならざるを得ません」

安倍晴明はいう。

地に這いつくばって生きている領民は国司どもの苛政に耐えきれず、圧迫された水が隙間から漏れだすように村を棄てて流民《りゅうみん》となる。厳罰をもって制禁しても、流民を防ぐことはできない。

流民の多くは、分限者、長者、豪族、勢力家などの私領にながれこんで、彼らの民となる。

民とは、ほんらい勤勉なものなのである。生活が立つようにして働かせてくれるなら、喜んで働く。

「されど、流民の一部は都をめざし、あるいは盗賊の仲間に加わります。京にながれこんできた流民は、職にありつけるはずもなく、娘は売られ、自分たちは淀川や鴨川、桂川の河原に小屋を立て、これに住みつきます」

「知っております」

道長は複雑なおももちでうなずいた。

河原もそうだが、平安京の碁盤目《ごばんめ》の道すじをわずかにはなれると、埃《ほこり》たち、牛糞《ぎゅうふん》にまみれた地面にボロ小屋が無数に建ち並んでいる。

藁《わら》をつかねて屋根を葺き、莚をかけた低く小さいそれらの小屋には、髪を蓬々《ぼうぼう》とそそけだたせ、ずたずたの襤褸《らんる》をまとったひとびとが暮らしている。垢《あか》にまみれた皮膚は腫物《できもの》だらけで、不潔とも悲惨ともいいようのないひとびとであった。

そのあたりには、死骸も犬猫同様にあちこちに転がっている。のたれ死になど、めずらしくもなんともないのだ。

「京は地獄と極楽が陰陽をなしている場所です。すなわち、地獄と極楽は裏と表で、隣り合ってもいるのですよ」

安倍晴明の眼が強く光《きっ》った。

「道長卿は、廟堂の主権者、宰相として、政治をつつしみ、公領の民の暮らしを豊かにすることを心がけねばなりません。官人は上から下まで賄賂《わいろ》、袖の下、鼻薬《はなぐすり》に目がなく、腐敗しきっております。これらをまず糺《ただ》すことです。次に、文化をはぐくみ、のちの世につたえるという使命をはたさなければなりませぬ」

「文化をのちの世につたえる使命？」

「いかにも」

安倍晴明が口もとをほころばした。

「道長卿は父君の兼家卿、兄君の道隆どの、道兼どのやその子息らとまったく異質の魂をになっておいでなのです」

「異質の魂？」

「さよう」

安倍晴明が嬉しげなおももちでうなずいた。

「道長卿は大いなる時代魂《じだいこん》の担い手なのです。ですから、道長卿が生きている平安の世を時代のながれに埋もれさせず、のちの世のひとびとにいきいきとつたえる使命をになっておられるのです」

7

道長が馬に乗って多田直盛の館《やかた》にもどってくると、多田直盛とその家族や使用人たちは歓声をあげて道長を迎えた。

「道長、どこに雲がくれしていたのだ。多田大尽などは神隠しにあったのではないかと心配して、夜もろくろく寝られずにいたのだぞ」

馬をおりた道長に、橘逸人が嚙みつかんばかりの剣幕でくってかかった。

「子供ではないのだ、それに、まろは怨霊《おんりよう》にとり殺されたり、魑魅《すだま》にまとわりつかれたりせぬ。心配せずともよい」

道長が笑いながらいった。

「五日も姿を見せずに、なにを呑気《のんき》なことを」

橘逸人が舌を打ち鳴らした。

「五日？」

道長は啞然《あぜん》とした。信太の森の孟宗竹の林の深みの瀟洒な庵で、朝まで安倍晴明と語り明かしたと思っていたのだ。それが五日も経っていたなど、到底、信じられなかった。

「道長、おぬしもやるものだな」

橘逸人が底意地の悪げな眼つきでにやりとした。

「信太山の葛葉明神の嬥歌で、上等の美女とめぐり合い、日のたつも忘れて恋狂いしていたのであろう。京の姫とちがって、このあたりの娘は籾臭くて野趣《やしゅ》にあふれているから、新鮮で、抱き心地もよいというものだ」

「そなたのように女の尻を追いまわしてはおらぬ」

道長は不快げな表情でそっぽをむいた。どういうわけか、橘逸人はもとより、多田直盛にも安倍晴明について話す気にならなかった。

それにしても不思議な人物だった。神秘的といってもよい。

道長は多田屋敷の一室にこもると、文机に頬づえを付いて、放心したような吐息を漏らした。

思えば不思議なことばかりだった。

帰ろうとすると、信太山の裾の農家につないだはずの馬が、庵の近くの孟宗竹のなかからやってきたのも、不思議といえば不思議であった。

「道長卿、魑魅や悪霊、死霊のたぐいが襲いかかってこようとも、ひるんではなりませぬ。およばずながら、この安倍晴明、微力を尽して、道長卿をお護《まも》りしてさしあげましょう」

帰りぎわに、安倍晴明が気負うでもなく、ごく自然な様子でいった。頬にからんだほつれ毛を掻《か》きあげる仕種が妙齢《みようれい》の女性《によしよう》のように艶《なま》めいていた。

「道長、入るぞ」

がらりと遣戸を開けて、橘逸人がずかりと道長の部屋にあらわれ、道長の前で大あぐらをかき、おもわせぶりなおもつきで鼻毛をむしりとった。

「おぬしが信太山からもどらぬ五日のあいだ、おれは身がもたぬありさまだったぞ」

「どういうことだ」

「毎夜、いれかわりたちかわり、娘が伽《とぎ》にくるのよ。お胤《たね》を頂戴《ちようだい》したいといってな。まさに女人の洪水であった。いくらおれが色好みでも、辟易《へきえき》してしまったぞ」

いいながら、橘逸人はまんざらでもない様子だった。

道長はいやな顔をした。橘逸人の身体から淫猥な情交の臭気がただよってくるような気がする。

「田舎娘とは、おかしなものよ。秘め事をするというのに、炊事でもするような感じなのだ。情趣もなにもあったものではないわ」

「よいではないか、女人に好かれることが、逸人のなによりの喜びであり、自慢であろう」

道長が笑った。

橘逸人は抜群の秀才であり、歌が巧みなばかりか、文藻《ぶんそう》が深く、上奏文《じようそうぶん》などはたちどころに書けた。やはり、祖の逸勢の血を受け継いでいるのであろう。性格も逸勢に似て、矯激で、ひとをだしぬきたがり、したがって敵も多い。

「おれは、どうせ、怨霊の血統《ちすじ》だ。ろくな官にもありつけぬわ。五条あたりの遊女に養われて、埒《らち》もない一生をすごすさ」

などとふてくされ、色ごとの話ばかりして、学生生活を送っていた。

橘逸人の友人といえば道長ぐらいのものかもしれぬ。

道長は京へもどると、すぐさま山科に馬を馳《は》せた。山科は平安京の東二里半（約十キロ）にある。

道長は騎馬が達者である。この頃の貴族の貴公子は美衣《びい》をまとい、薄化粧《うすげしよう》し、女の尻を追いかけることと、詩歌管絃《しいかかんげん》の遊楽だけで日を送り、悍馬《かんば》の手綱を持ったことのない者がほとんどであった。

そうした意味でも、道長は異彩をはなっている。

道長は風のように山科に駈け、女竹《めだけ》の藪のなかにある風の法師の庵をたずねた。

風の法師は日のあるうちから酒をのんでいた。

「むさい庵でござりますな」

道長は庵の簀子《すのこ》（縁側）に腰をおろすと、顔をしかめた。垢じみた男の臭いが庵のなかからただよってくる。清らかですがすがしい安倍晴明の庵とは雲泥《うんでい》の差であった。

「正親町の御曹子、泉州はどうであったな」

風の法師が酒くさい息を吐きながら、庵のなかから臆劫《おっくう》そうに這いだしてきた。

そこかしこから梅の花が匂う。

微風に吹かれて、女竹の藪がさらさらと鳴っている。

「信太の森で、安倍晴明という御方に会いました」

「ほう」

風の法師のしなびた顔にある種の気配が生じた。

「いかなる御仁《ごじん》だったかな」

「神彩《しんさい》というのでしょうか、神秘的な風韻《ふういん》をたたえた御方でありました」

「神彩か。なるほどな」

風の法師がしゃくれたあごをひねりあげた。

「齢は、いかほどであったかな」

「二十歳を出たか出ないか、わたしとおなじくらいでしょうか。絵のように艶麗《えんれい》な貴公子でございました」

「ふむ」

風の法師はいぶかしげに眉根をよせると、背筋をのばして座り直した。

「法師は安倍晴明どのを知っているのですか」

「わしの知る安倍晴明は、たしか、わしよりいくつか齢が上のはずじゃ」

「なんと」

道長が絶句した。

「陰陽師ゆえ、いつまでも若さを保つことができるのかもしれぬな」

風の法師が皺《しわ》に埋もれた眼のふちに複雑な笑みをにじませた。

「陰陽師でございますか」

「陰陽寮の天文博士《てんもんはかせ》でござった。いまより三十年も前のことじゃ。村上帝の御世だ」

村上帝は聖帝のほまれ高かった天皇である。

康保四年（九六七）五月七日、村上帝が四十二歳の若さで、清涼殿《せいりようでん》で崩御《ほうぎよ》すると、安倍晴明は大内裏内の陰陽寮から煙のように姿を消した。

陰陽寮とは中務省《なかつかさ》に属する役所で、長官の下に事務官四名、技官として、陰陽博士、暦博士、天文博士、漏刻《ろうこく》博士がおり、六名の陰陽師がいた。博士は、それぞれの部門を学ぶ学生たちの指導にもあたる。

すなわち、陰陽寮は大学も兼ねていたのである。

「安倍晴明は稀代の大陰陽師じゃ。長官をしていた賀茂保憲《かものやすのり》などとは桁《けた》がちがうわい」

「どのような陰陽師なのでしょうか」

道長は身体にわき起こる知的衝動を抑えきれずに身を乗りだした。

「式神《しきがみ》を意のままに操る」

「式神?」

「紙でひとや鳥獣など形代《かたしろ》をつくり、それに呪文を唱えて霊を吹き込み、生きものにするのじゃよ。安倍晴明は式神どもを配下にして、世の闇に棲む悪と邪をこらしめ、また、この世と魔界を往来する超能力があったという。真実《まこと》か嘘《うそ》かはわからぬがな」

凮の法師が面妖《めんよう》に薄笑った。道長をおどそうとしているのかもしれない。

「銀狐を母と申しておりましたが……」

道長が当惑のおももちでつぶやいた。

「さもあろう」

凮の法師がもっともらしくうなずいた。

「安倍晴明の母御は信太の森の葛葉と申す銀狐なのじゃて。晴明本人がそのようにいうておる」

「まさか」

道長が疑わしげに眉をひそめた。

「まあ、聞け」

風の法師があぐらを組みかえた。

晴明の父、安倍保名《やすな》も加茂氏に弟子入りした陰陽師であった。

安倍保名は、かつて大唐帝国の朝廷に仕え、唐土の土となった安倍仲麻呂《なかまろ》の血統である。

さらには、朝廷陰陽師として歴代、陰陽寮の長官をつとめる加茂一族は、遣唐使として唐にわたった吉備真備《きびのまきび》の子孫なのだ。

唐土において、吉備真備はさまざまな怪異に遭うが、そのたびに安倍仲麻呂の霊に救われ、窮地を脱したという。

安倍一族と加茂一族にはそうした因果関係がある。すなわち、どちらも陰陽師の血統なのである。

任地の阿部野《あべの》に赴く途中、泉州信太の森を通りかかった安倍保名は、猟師に矢を射られて脇腹から血をしたたらせて悶え苦しんでいる毛並の美しい銀狐を見つけた。

保名は銀狐の脇腹から矢をひきぬき、傷口に膏薬《こうやく》を塗るなど手当をして助けてやった。

保名は阿部野の掾《じよう》として、その地に暮していたが、あるとき、前ぶれもなく妻の葛葉が京より任地の阿部野の館にやってきた。

保名は以前より若返り、いっそう美しくなった妻葛葉を歓迎し、館で一緒に暮した。やがて、葛葉は懐妊し、めでたく晴明が誕生した。

ところが、晴明が一歳になる頃、京から葛葉が保名の館をたずねてきたのである。保名は仰天した。

すると、晴明を生んだ葛葉は淋しくほほえみ、銀狐の姿にもどって悄然《しようぜん》と信太の森にもどっていった。

「これが葛葉伝説のあらましじゃ。信太の森で保名に助けられた銀狐は、保名に恋をし、保名の妻に化けてかりそめの縁をむすび、阿部野の館で恋しい保名と暮していたというわけじゃて」

風の法師は瓢箪をとりあげると、なかの酒をぐびぐびとのんだ。

「古来、わが国において、狐は霊獣の王ともいうべき位置を占めている。神道では稲《いな》荷《り》神の眷属《けんぞく》(神使)であり、密教では荼吉尼《だきに》天法の護法《ごほう》として用いられる。さらには、狐といえば〝狐憑き〟を想い浮かべるように憑きもの信仰の代表格じゃ。安倍晴明にそなわったおそるべき霊力は、母たる葛葉狐より授かったものであろう。空海大師のひろめた真言密教《しんごんみつきよう》においては、荼吉尼天は、白晨狐菩薩《びやくしんこ》ともいい、稲荷神の本体であるからな。すなわち、晴明の母は菩薩の位であるのじゃよ」

風の法師はいかにも楽しげな様子で、呵々《かか》と笑った。

「あるいは……」

道長はいいよどんだ。胸に疑惑が生じたのだ。

風の法師と連れだって西市を見物して歩いたとき、人買から逃げだしたサキという娘は安倍晴明の操る式神ではなかったのか。

安倍晴明はあの娘を通してまろに呪縛《じゆばく》をかけたのではあるまいか。『満月の夜、信太の森へおいでなさいまし』といった娘の声が心に呼びかけてやまなかったのは、晴明の催眠術だったのではないだろうか。

「解《げ》せぬようじゃな」

風の法師は、うつむき加減に頬をへこませた道長の顔をのぞきこみ、剽げた笑みを浮かべた。

「正親町の御曹子、安倍晴明が目をかけたなら、前途は洋々じゃ、いまは右兵衛権佐などという埒もない軽官にあまんじておるが、ほどなく人のうらやむ累進を遂げ、いずれは廟堂の支配者となるであろう。わしも楽しみぞ」

「わたしは、累進なぞ望みませぬ」

道長が憤然《ふんぜん》たるおももちでいった。貴族の子息たちが血まなこで行う猟官運動など浅ましくて、まっぴら御免だった。

「よいよい」

風の法師はあやすように右手をかるく上下させた。

「安倍晴明が御曹子を見込んだのじゃ。それだけでもめでたいわい」

風の法師はそういうと、笑みをとめ、透徹した視線を道長に向けた。

「よいかな、御曹子。世に聖帝とうたわれたかの村上帝は、二十一歳にて帝位におつきになられた。そして、藤原忠平《ただひら》没後、関白を置かず、みずから政治をみられた。村上帝の親政は十八年にもおよんだ。その間、村上帝を陰で補佐し、善政を行ったのがほかならぬ安倍晴明なのじゃ。すなわち、聖帝村上帝の親政は安倍晴明の霊力《ちから》に支えられていたのだ。その安倍晴明が村上帝の死後二十年を経て、道長卿の前に姿をあらわした。これほどの吉兆《きっちょう》があろうか」

風の法師はあごを引き、おももちをさらにきびしくした。

「だが、油断は禁物じゃ。大内裏という権力の場には、たえず邪悪な波動《はどう》が渦巻いておる。邪悪な波動は人の欲心につけ入り、その者を権力亡者に変えてしまう。さらには、邪悪な波動に立ち向かう者は、容赦なく呪殺《じゅさつ》する。村上帝が邪悪な波動に精神をからめとられなかったのは、安倍晴明の霊力が帝を護っていたからなのじゃ。道長卿も、これよりさまざまな怪異が襲いかかってこよう。それらはすべて、邪悪な波動のなせるわざだ。卿よ、心をひきしめよ。なにより、安倍晴明の霊力を信じることじゃ」

「安倍晴明どのは、わたしのことを『大いなる時代魂』の担い手と申された……」

道長は難かしげな表情でこめかみに人差指を当てがった。その謎めいた言葉の意味が解るはずもない。

だが、自分の精神に強靱な意志の力が宿り、特殊な熱力《ちから》が五体の隅々にみなぎっていくのを道長はおぼえたのだった。

第二章　妖異なる策動

1

「なに？　玄鬼《げんかい》がまいっただと？」

家司《かし》の大中臣継常《おおなかとみのつぐつね》に告げられた東三条大納言兼家《ひがしさんじょうだいなごんかねいえ》は、その脂《あぶら》ぎった面貌《めんぼう》からいつもの剛愎《ごうふく》な張りが消えて、見えざる糸にひっぱられるように腰が浮きあがった。そのくせ、にがいものを嚥《の》みくだしたような不快なおももちになっているのを、大中臣継常は、奇妙なものを見るような眼でみた。

兼家が玄鬼と名のる大峰《おおみね》山の怪しげな修験者《しゅげんじゃ》を知ったのは、今年の冬、冬だというのに梅雨の頃のようにむし暑い妖異な夜のことだった。

女房衆（侍女）をはべらせて酒を汲んでいた兼家は、報らせにきた家司の顔を見て慄然《りつぜん》とした。

にやりと笑った家司の顔のなかから、もうひとつの別の貌《かお》がのぞいたのである。歯のむきだした泥色の唇がひきつって、身のすくむばかりの奇怪な顔であった。眼窩《がんか》のくぼんだその顔は、漆を刷《は》いだように色が黒く、日本人とは思えないほどの奇相《きそう》であった。天竺人《てんじくびと》の血でも混ざっているのであろうか。

「動いてはならぬ」

奇怪な顔が呪縛《じゆばく》するようにいった。

まわりの女房衆は虚脱したように白目をむき、正体をうしなっている。

そうみじかく言い放たれた瞬間、兼家の五体は、動こうという意志をどの関節からも喪失した。

兼家は汗のながれるほどにあがいた。だが、身体は金縛りにかかったようにびくともしない。

「おのれは、何者か」

兼家は唇を震わせながら、やっとのことで喉の奥から声をしぼりだした。

「玄鬼と申す大峰山の修験者である。陰陽《おんみよう》の術もいささか心得る。腑《ふ》に落ちぬなら、狐狸権現《こりごんげん》のたぐいとでも思われよ」

「いかなる用があって、まろのもとに参った」

「ふて腐れの君がどのような骨柄《こつがら》の男か、見とうて罷《まか》りこした。なるほど、ふてくされた面《つら》をしておるわ。酒と女でくやしさをまぎらわしている面じゃ」

玄鬼が嗤《わら》った。嗤うと貌が髑髏《どくろ》のようになり、兼家の顔がひきつった。

「狼藉《ろうぜき》な。まろをなんと心得て」

「大納言であろうが。兄者の関白兼通《かねみち》によって何年も据《す》えおかれた」

玄鬼が眼をすぼめて兼家の顔を凝視した。錆《さ》びた鉄の面のような貌のおちくぼんだ眼が、偏執狂《へんしつきょう》のように光っている。

「たくらみの多い面じゃ。欲心も深い」

「なにをぬかす」

「胸の奥で、いかにして花山帝《かざん》を廃そうかと思案しておろう」

「ばかなことを申すな」

兼家はうろたえ、あわてふためいた。

「図星《ずぼし》であろうが」

玄鬼があごに手をやって薄気味悪げに笑った。

「花山帝は十七歳で帝位につき、今年で十九歳、意欲熾《さか》んで、退位する気など毫《ごう》もないわ」

兼家はにがそうに口もとをゆがめた。

「花山帝が退位いたせば、懐仁《かねひと》親王の即位となる。懐仁親王は、円融《えんゆう》帝に入れたそなたの娘詮子《せんこ》の子で、歳は七つ。兼家卿よ、そなたは正真正銘の外祖父《がいそふ》として摂関《せっかん》の地位につくことができるというわけじゃ」

「……」

「兼家卿よ、そなたは身の不遇を嘆いておるが、後宮関係《こうきゅう》にはまことにめぐまれておる。前関白の兼通も、現関白の頼忠《よりただ》も、娘たちを後宮に送りこんだが、孫の皇子を得たのは、そなた一人ではないか」

「まあ、な」

兼家は表情をしぶくして盃を口にはこんだ。気づかぬうちに呪縛が解けていた。

「はたして、円融帝が譲位し、花山帝が即位すると、卿の孫である懐仁親王が新東宮《とうぐう》に定められて皇太子の地位についた。兼家卿よ、懐仁親王を新東宮にするにあたって、さまざまな方面にたんと黄金をまいたであろう。なにしろ、次帝の外祖父の地位が保証されるのだからな」

玄鬼が冷えた笑い声をたてた。

「だが、問題が起こった。卿にとって深刻な問題がな」

玄鬼は、人形のごとくになっている兼家のかたわらの女房の前の酒瓶子《さかへいし》をとりあげると、それに口をつけてぐびりとふくんだ。

「花山帝の寵愛《ちょうあい》深い弘徽殿《こうきでん》の女御《にょうご》が身籠もったのよ」

「……」

「弘徽殿の女御が皇子を生めば、懐仁親王は東宮の地位を追われかねぬ。そうであろうが」

弘徽殿の女御は兼家の異母弟で、大納言為光《ためみつ》の娘、忯子《ていこ》である。

忯子は月宮の竜女《りょうじょ》が下界に降臨したかのような絶世の美女で、花山帝は彼女を『麗《うるわ》しの君』と称してこよなく愛し、他の女御には見むきもしなかった。

「気をもむでない、ふて腐れの君」

玄鬼の落ちくぼんだ眼窩の底の眼が狷介《けんかい》な色をはらんだ。

「わしが呪詛《じゅそ》してくれよう。まあ見ておれ。そなたが望むように事がはこぶゆえな」

玄鬼との最初の対面を、兼家は奇妙にもそこまでしか記憶していない。

あとをどうしても思いだせないのは、そのあとすぐに兼家の意識が混濁《こんだく》してしまったせいであろう。

女房衆も、兼家も、その夜は朝まで座敷で眠りこけていた。

玄鬼はその後、しばしば兼家を訪れ、どきりとするようなことをささやくのだった。

兼家は玄鬼という魍魎《もうりょう》の代身《かわりみ》であるかのような男を歓迎しているわけではなかった。

むしろ、ひどく怖《おそ》れていた。

兼家はその心底を、底の底まで玄鬼に見透かされているのだ。しかも、玄鬼がその気にさえなれば、兼家の息の根を止めるくらいは造作のないことなのである。

家司の大中臣継常から玄鬼来訪の報せを聞いた兼家は、寝殿の廂《ひさし》の間からころがるように庭へおり、きょろきょろとあたりを見まわした。

「どこじゃ、玄鬼、どこにおる」

春の陽射しをうけて庭石が白く光っている。遠くで老いた小者が、腰をまげて砂地に箒目《ほうきめ》をつけている。

不意に目の前の小ぶりの石が動いて、玄鬼の座姿に変じた。

「おう、玄鬼、なに用じゃ」

「見よ」

玄鬼が遠くの小者を指し、息をつめて凝視した。背筋の寒くなるような呪縛性の濃い凝視であった。

玄鬼の漆黒の面貌から血の気がひき、呼吸さえしていなかった。

死相のまま、玄鬼はしばらく端座《たんざ》していた。やがて、口からかぼそい息が漏れはじめた。

砂地を掃いていた老いた小者は、動きがにぶくなり、両腕を前に垂れて、脚をくねらせた。首をのばし、背を反りかえらせ、箒をぽとりと落として、砂地の上に崩れ落ちた。

「死におったわ」

玄鬼が冷笑した。

「見たか、兼家卿」

「おう」

兼家は顔をこわばらせて、怖ろしげに玄鬼を見やった。

「おのれは、あのように自在に人を呪殺《じゆさつ》することができるのか」

「あの小者は、半年ほどの寿命であったわ。わしは、それを早めただけのことよ。命の靭《つよ》き者、意欲旺盛なる者、勢いの熾んなる者には、わが陰陽の呪法《じゆほう》は効《き》かぬ」

玄鬼がはぐらかすように笑った。

「兼家卿」

「なんじゃ」

「いうておくが、花山帝は、あれなる小者のごとくには参らぬぞ」

「だれが花山帝と申した。滅相もないことをぬかすでない。だれかに聞かれたらなんとする」

兼家は青くなってうろたえた。

「隠さずともよいわ。ふて腐れ卿がなにを考えているかわからぬ玄鬼ではないぞよ」

玄鬼が茶色く透明な凝視を兼家に向けた。

兼家はぞっとした。膝がしらがはげしくわらいだした。

「麗しの女御が内裏《だいり》の弘徽殿から退出して、藤原為光邸にもどったぞ」

「なんと」

「体調がすぐれぬのよ」

玄鬼が嗤った。

「わが呪詛が効いたのじゃて。不憫ではあるが、忯子の命は幾許もないわ」

玄鬼が立ちあがって首をのばし、兼家の鼻さきにまで奇怪な黒い面貌を近づけ、くさい息とともにいった。

「源氏の番犬どもを手なずけておけ。忯子が冥土におもむいてしばらくが好機ぞ」

「されど、大内裏《だいだいり》には警護の近衛府《このえふ》の兵が大勢おるではないか。滅多なことはできぬぞ」

「近衛兵どもは、わしがなんとでもするわ」

玄鬼は小指の先で目尻を掻きながら、意味ありげに眼をうごかした。

源氏の番犬どもとは、武士の源満仲《みなもとのみつなか》、頼光《よりみつ》親子のことである。

藤原《ふじわら》全盛のこの時代、武士の地位はまだまだ低く、大臣、大納言、中納言、参議《さんぎ》といった朝廷の最高幹部である公卿《くげ》の足もとにも寄れない。

権門勢家《けんもんせいけ》の藤原北家《ほっけ》主流は、源氏武者どもをあごでつかっている。

平氏、源氏の武者とは、藤原氏全盛の中央官界にいちはやく見切りをつけ、新天地を地方に求めて都から出ていった者どもである。

かれらは諸国の守《かみ》、介《すけ》、掾《じょう》などになって民百姓をしぼりぬき、思うざまに私腹を肥やしたのだった。朝廷の威光をもってすれば、守は、草深い田舎では帝王にひとしい。いうなれば、諸国の守や介は、朝廷に給料で雇われたいなかの王かもしれない。だが、地方官の仕事はいそがしく、朝廷の股肱《てあし》であるから働かざるをえない。租税のとりたてが鈍《にぶ》ければ朝廷から一片の辞令で辞めさせられてしまう。

とはいえ、租税をとりたてすぎると、税をつくるもとである領民が国から逃げてしまい、かえって減収をまねく。このあたりの手加減がじつにむずかしいのである。源満仲、頼光親子は、その点要領がよく、任地における税のとりたてが巧みであった。

しかも、廟堂《びょうどう》の実力者がだれであるかということについて、嗅覚がするどく、実力者にたいしては、黄金、馬、絹、宝石などを惜しげもなく贈る。もとより、見返りは摂津《せっつ》、越前《えちぜん》、武蔵《むさし》、遠江《とおとうみ》、近江《おうみ》といった大国《おおくに》の国守である。

こうして源満仲、頼光は着々と財力を養い、平安京の一等地である左京北辺五坊に第邸《だいてい》をかまえ、武士階級の筆頭実力者にのしあがった。

とはいえ、藤原摂関家からすれば番犬ていどでしかなかった。

「満仲も頼光も、利にさといやつだ。かならずや兼家卿のために働こう。また、僧の厳久《げんきゅう》も抱きこんでおけ。厳久はなにかのときに役立とうぞ」

玄鬼はそういうと、鼻に小皺《こじわ》を寄せてあたりのにおいを嗅ぐ仕草をした。

「におうわ、怨霊《おんりょう》どもの臭《にお》いが」

「なんだと」

兼家は顔色をかえた。

「兼家卿よ、そなた、安和《あんな》の変で、どれだけの者をおとしいれたな」

「……」

「あの折も、源満仲めが働いたわ、奴は、前相模介《さきのさがみのすけ》藤原千晴《ちあき》、久頼《ひさより》父子を追い落とすために、藤原摂関家に加担したのよ」

安和の変に連座して隠岐《おき》にながされた藤原千晴は、平将門《たいらのまさかど》の大乱に大功を立てて東国に強大な勢力をたくわえた藤原秀郷《ひでさと》（田原藤太）の子で、満仲と肩を並べる武士階級の実力者だったのである。

「藤原摂関家が安和の変なるものをでっちあげて、京より放逐したり、斬首した者は、源高明《たかあきら》をはじめ、中務少輔《なかつかさのしょうゆう》橘繁延《たちばなのしげのぶ》、左兵衛大尉《さひょうえのだいじょう》源連《つらぬ》、僧蓮茂《れんも》、平貞節《さだとき》らで、それらの者どもや妻、一族が尽せぬ怨みを晴さんと、怨霊となってこの屋敷のまわりを飛びまわっておるのよ」

玄鬼が愉快げな声をした。

兼家の顔は熊の胆《い》をのんだようににがい。

2

春が闌《た》ければ、平安京は牡丹《ぼたん》の季節となる。大唐帝国の都 長安《ちょうあん》にならって、京の顕《けん》官《かん》、長者も牡丹の豪華さを溺愛《できあい》し、なかには牡丹一株に万金《まんきん》を投ずる高官や富豪もあった。

道長《みちなが》は誘いにきた橘逸人《はやんど》に応じ、あたたかな春風に吹かれながら、牡丹で有名な四条油小路《あぶらこうじ》の竜雲寺《りょううんじ》に向かった。

おどろくほど人が多い。

みな待ちこがれた春の陽光にうかれている。

朱雀大路《すざくおうじ》の両側の柳のあわい新緑がみずみずしい。

春のうららかな陽射しのなかに、大内裏十二門の一画とわかる官衙《かんが》殿堂が、孔雀色の甍《いらか》や丹塗《にぬ》りの門廊とおぼしき耀《きらめ》きをはなっている。

牛輦《うしぐるま》がカラカラと音を立てて前方からやってきた。人々が波のように左右に分かれて路をあけた。

牛輦は、前夜降った雨による泥濘《ぬかるみ》をよけつつ、道長とすれちがった。

悪路に揺れて、輦の簾《れん》がきゃしゃな音をたてている。

ふと、牛輦に向けた道長の眼に、簾のすき間から、麗人《れいじん》の白い容貌と、濡羽《ぬれば》の黒髪がちらっと見えた。

道長は胸がどきりとした。麗人の薄紅梅《うすこうばい》に、青摺《あおず》りの打衣《うちぎぬ》をかさねた裳《もすそ》から、えもいわれぬ薫りがただよってきた。

牛輦がゆったりと通りすぎていく。

道長は気をうばわれたように遠ざかっていく牛輦をみつめていた。

「土御門《つちみかど》姫の牛輦だ」

橘逸人がしたり顔でいった。

「土御門姫？」

「唐の楊貴妃《ようきひ》を想わせる美貌であるそうだ。後宮三千人の美女、顔色なしとうたわれた楊貴妃になぞらえられるほどの美貌を拝した男は、まだおらぬ」

「そうか」

「かくいうおれも一度ならず文を送ったことがある。むろん、なんの音沙汰もないがな」

「あたりまえだ」

道長がおこったように眉を吊りあげた。なぜかはわからぬが、橘逸人の小賢《こざか》しげな横面をはりとばしてやりたいような衝動にかられた。

「わたしは帰る。竜雲寺の牡丹見物は、貴公だけで行かれよ」

道長はさっと踵《きびす》を返し、唖然としている橘逸人をそのままに捨ておき、正親町《おおぎまち》の自邸へすたすたと歩み去っていった。

屋敷にもどってからも、牛輦の簾のすき間からのぞいた麗人の白い顔が道長の頭からはなれなかった。

土御門姫というその姫君が、道長の意識を根こそぎ支配してしまったといっていい。日が経つにつれて、俤《おもかげ》が消えるどころか、土御門姫に対する思慕が胸をしめつけるようであった。

「恋か」

道長は座敷に腕を枕に寝ころがり、放心ぎみのつぶやきを漏らした。切なくて、やるせなくて、女々しくて、どうにもならない感情であった。

恋とは、霊妙《れいみよう》な魔法といってよいだろう。

道長は、はじめて心に生じた恋という狂おしげな感情にどう対処してよいかわからず、ひたすら当惑するばかりだった。

栄華をきわめる藤原摂関家の貴公子である道長の環境では、恋という心情は持ちにくい。恋の徴候がその種の好奇心であれば、道長の想いはつねに好奇心の段階でらくらく成就され、恋という鬱屈《うつくつ》までに成長しなかったのである。

「なさけない」

道長はさっと身体を起こすと、くだけるばかりに奥歯をかみしめた。どういうわけか、猛烈な自己嫌悪におそわれた、唾棄《だき》し、地団駄をふみ、自分の肉を毟《むし》りとって地べたにたたきつけたいような衝動にかられた。

中庭の緑したたる木立の深みから鶯《うぐいす》のさえずりがひびいてくる。

道長はその透明な鳴き声に誘われるように中庭の木立に歩み寄っていった。

いつの間にか、雨がふっていた。雨という表現はいささかつよすぎるかもしれない。けむったような春の霧雨である。池の畔《はた》に咲き誇っている十数株の牡丹の大輪の花が、雨に濡《ぬ》れて凋《しお》れかけている。

道長は木立のなかに分け入った。楓《かえで》、桜、梅、椿、松、櫟《くぬぎ》、橅《ぶな》、欅《けやき》などの生い繁る樹林の中は、霧雨で霞《かすみ》がかかったようになっている。

その曖昧《あいまい》に靄《もや》がかった深みから、朧《おぼ》ろな人影が精霊《せいれい》のように立ちあらわれてきた。

水色の立烏帽子《たてえぼし》をかぶり、白の清絹《すずし》の衣装をまとっていた。

その人物の繊細で清らかな顔が親しげに微笑をふくんだ。

「安倍晴明《あべのせいめい》どの」

道長は思わず息をのんだ。

「非礼もかえりみずに罷りこしました。御容赦ください」

安倍晴明の声はみずみずしかった。高いひびきもないが、つやと力があり、韻《いん》の深い声であった。深い色を湛《たた》えた静かな双眸《そうぼう》が際立ってみえた。白の清絹の衣装が神秘的な彩りをただよわせている。

「道長卿、土御門姫に恋をなさいましたな」

「……」

「左大臣従《じゅ》一位源雅信《まさのぶ》卿の一の姫、倫子《りんこ》姫はこの屋敷のほどちかくの土御門邸でお暮らしです。稚信卿は、ゆくゆくは帝の后《きさき》にとの心づもりで倫子姫をお育てし、降るような文にも眼を向けず、いかなる縁談にも耳をお貸しになりませぬ。けれども、土御門姫のほうは道長卿をお知りなのです。それどころか、卿に想いを寄せておられます」

「まことでしょうか」

道長は眼をかがやかせた。喜びが熱い潮《うしお》のように胸にみなぎった。

「土御門姫は賀茂《かも》祭の行列を見物した折に、道長卿をお見かけし、憧れをいだき、さらには数日前、朱雀大路で卿とお会いして小さな胸を熱く焦がしておられるのです」

安倍晴明は声をはげました。

「道長卿、文を送る勇気をお持ちになられよ。かならずや、いろよい返事がまいるでありましょう」

そういうと、安倍晴明の姿は雨けむりの深みへ、幻覚であるかのように朦朧《もうろう》と融《と》けこんでいった。

道長は高なる胸の動悸を聞きながら、木立の中にいつまでも立ち尽していた。

3

土御門姫の許《もと》に道長の文が送られたのは、それから三日後のことであった。

道長邸と倫子の住む土御門邸は、ほんの数町とはなれていない。

だが、道長は倫子と顔をあわせたことはなかった。

当時、名門の令嬢は深窓《しんそう》にあって、めったに人の前に姿をみせなかった。婚約しても、婚礼まで花嫁の顔を見たことがないというのがふつうなのである。

土御門邸は平安京の左京一条四坊十五町にあった。

北は正親町小路、南は土御門小路にいたる壮麗な邸宅は、土御門中納言藤原朝忠《あさただ》の屋敷で、倫子姫は母の藤原穆子《ぼくこ》と暮らしていた。

当時は、女性は結婚しても、姓を変えなかったのである。

京でも有名なこの土御門第《てい》は、ぐるりと邸地をとりまいている築垣《ついじ》が通常の倍も高く、塗りもなにか特別な色をまぜこんであるのか、豊かで貴い色をしている。邸内の建物は大きく、幾十棟もあった。財力が豊富なのであろう。

それらおびただしい建物の屋根は檜皮《ひわだ》で葺《ふ》いてあるが、厚く葺かれたそれは、燻《いぶ》した黄金のようなつやをたたえて、初夏の陽を存分に吸いこんでいた。庭に植えられたさまざまな樹木も、ひとつひとつの葉が洗いみがかれてあるかのように清麗《せいれい》で、緑がしたたるばかりだった。

土御門姫は奥まった御殿の座敷に端座して南殿の庭をながめていた。やわらかく吹きこんでくる薫風《くんぷう》に、嬋娟《せんけん》とした両鬢《りょうびん》がかすかに揺れる。

背に曳いた髪はおどろくほど豊かで、絹のような光沢を帯びている。

この時代、髪の豊かさと長さ、黒さが美人の第一の条件であった。このため、仮髪《かもじ》を入れるのが、豪家の婦人ならふつうで、富者の邸宅にはかならず出入りの仮髪商人がいた。

土御門姫を見る者は、その髪の多さと長さ、文字どおり漆のような黒さとつややかさに驚嘆させられる。

土御門姫は二十三歳であった。多少、齢《とし》がいっているのは、父親の左大臣源雅信がふるような縁談をかたはしからはねつけるためである。

姫のまわりをとりまく女房衆たちは、土御門姫の顔にときめくような喜びの色のあるのを見た。そこに、女人の美の目のくらむような優雅の核心を発見して、たがいに顔を見合わせた。

恋とは、女人をかがやくばかりに美しくする魔術なのであろう。

さすがに廟堂の実力者、左大臣雅信の姫のへやだけあって、調度は贅《ぜい》をつくしたものばかりである。大和絵《やまとえ》の屏風《びょうぶ》、蒔絵《まきえ》の櫛箱、黒塗りの髪箱、螺鈿《らでん》の鏡台、立派なつくり床にはみごとな花が活っている。

碁盤《ごばん》、すごろく盤、西側の壁に大きく半月形に穿《うが》った唐風《からふう》の花頭窓《かとうまど》の横には文台がおかれ、その上には螺鈿がきらきらとひかるすずり箱に、料紙《りようし》がそろえられ、棚には万葉集、古今和歌集、句題和歌集、それにかずかずの唐書が並んでいる。

左大臣雅信が帝の后にと薫陶《くんとう》したこともあって、土御門倫子姫は、詩歌文学の教養はもとより、手蹟《しゆせき》、聞香《ぶんこう》、笛や箏《そう》の琴《こと》といった音曲、遊芸など、およそ婦人としての教養を身につけている。

左大臣雅信夫人穆子御前が、お付きの女房をしたがえて、裾捌《すそさば》きもあざやかに渡殿《わたどの》をわたってきた。穆子御前は内に軽躁《けいそう》を隠している様子だった。

「倫子、道長卿のことをお父君に申しあげましたぞ」

穆子御前は倫子の前にすわると、口もとをつややかにほころばした。

「お父君はよほど倫子がお可愛いいのでございましょう。あまり乗り気ではなく、こわいお顔をされて、おつむじをまげられた御様子でしたが、わたくしはすばらしいご縁だと思いましてよ。道長卿は当節の優柔《ゆうじゆう》で姑息《こそく》、わがままで、華奢《かしや》放逸《ほういつ》な公達《きんだち》とちがい、実があり、覇気《はき》があり、この上なく精悍《せいかん》な貴公子でございますわ。道長卿はかならずや累進をなされましょう。母の眼に狂いはございませぬ」

いろどりあざやかな小袿《こうちぎ》姿の倫子はほのかに笑い、目許《めもと》をかすかな含羞《がんしゅう》に染めて、檜扇《ひおうぎ》をひろげてその美しい顔をおおった。

「お父君がなんとおっしゃろうと、母は道長卿との縁談をすすめ、まとめてみせまする」

穆子御前は自信ありげな笑みをふくんだ。

「なんと申しても、女人の幸せは、よき殿方を通わせてこそです。道長卿はまことに申し分ございませぬ」

4

ひさしぶりに、道長は馬をうたせて、父兼家の東三条邸に出向いた。土御門姫との縁談を報告するためである。

三条邸の門をくぐり、厩舎《きゅうしゃ》に馬をつないだ。厩舎のよこ手で、車雑色《くるまぞうしき》とよばれる小者が数人でうわさばなしをしながら、車の輪を洗い、轅《ながえ》の金具をせっせと磨いていた。

道長はどういうわけか牛輦を好まず、供の雑色もつれて歩かない。

このところ、平安京の夜を群盗が横行している。怨霊《おんりょう》におびえ、京人《みやこびと》の恐がる夜は、群盗にとってじつに都合がよかった。

群盗のなかには、市中を荒すだけでは物足らず、不敵にも、折々、宮中をうかがって女御更衣《こうい》たちをおびやかすばかりでなく、財宝をうばい、男女の衣裳まで剝《は》ぎとっていくという。

　庶民に人気のある袴垂《はかまだれ》なる怪盗のごときは、後涼殿《こうりょうでん》の空きべやからさる朝臣《あそん》の衣裳を盗みだして、それを着こんで官人《つかさびと》になりすました。この怪盗は更衣づきの女官を藤壺のひとつの薄暗い小部屋にひきこんで、秘か事をたのしんだというからおどろきである。女官も、薄くらがりで、盗賊と気づかずに肌をゆるしてしまったらしい。

　とにかく、輦溜《くるまだま》りという処《ところ》は、雑色どもがよりあつまるので、京のなかの出来事はなにひとつとして噂から洩れることがない。

　大内裏に盗賊が出没するという噂をもれきいた道長は、八省十二門のうちには兵部《ひょうぶ》省も刑部《ぎょうぶ》省もあり、市中には大勢検非違使《けびいし》（警察）がいるのに、どうして群盗が跳梁《ちょうりょう》跋扈《ばっこ》するのか、道長は首をひねるばかりだった。

　玄関脇に、眼つきのするどい武者が四人、いわくありげなおもつきでたむろしていた。

　道長は知らなかったが、それらの武者は坂田公時《さかたのきんとき》、渡辺綱《わたなべのつな》、平貞道《さだみち》、平季武《すえたけ》といって、源頼光の家来で、四天王などと称してつねに身近に仕えている荒武者どもであった。

　道長は屋敷にあがった。が、ながらく待たされた。一刻あまりして父の大納言兼家がようやく道長の前に姿をあらわした。

なにやら狷介なおももちで、貌が脂汗《あぶらあせ》でべとついている。

兼家は上座に腰を据えると、貌の脂汗を帖紙《たとうがみ》でおさえながら、じろりと道長に視線をくれた。

「なに用じゃ、道長」

「はい」

道長は、左大臣源雅信の一の姫、土御門倫子との婚儀について申しのべた。

兼家は終始、うわの空であった。なにごとかに心を奪われているのかもしれない。眼のまわりにどすぐろい隈ができているのは睡眠が不足しているからだろうか。

「婚儀じゃと？」

兼家が唇をかすかに震わせた。

「道長、その方、まだ二十一歳の小冠者《こかんじゃ》ではないか。婚儀などまだ早いわ」

「なにをおおせられます。父上」

道長はがっしりと肩肘を張った。

「わたしはすでに二十一歳、れっきとした官職にもついております。妻をめとるになんの不足がありましょうや」

「ふん」

兼家は鼻でわらった。

「官職と申しても、たかだか右兵衛権佐《うひょうえのごんのすけ》ではないか。鼻糞のようなものだ」

「これはしたり」

道長もまけてはいない。

「父上は母上と御結婚なされたとき、たしか右兵衛佐とうかがっております。わたしとおなじではありませぬか」

「へらず口をたたくでない」

兼家は道長をにらみつけた。

「そなたは、わしの末の子じゃ、それに雅信卿の一の姫より年も下ではないか。とにかく早すぎる。しばらく待て。今年中の結婚はゆるさぬ」

そういうと、兼家は席を蹴って荒々しく座敷から出ていった。まさに、とりつく島もないとはこのことである。

(なにか、いわくがある)

道長はいぶかしそうに首をかたむけた。

このとき、兼家は長男道隆《みちたか》、次兄道兼《みちかね》、道長の異母兄道綱《みちつな》、これに源満仲、頼光を加えて、内陣《ないじん》深くこもって謀議をこらしていたのである。

「能天気《のうてんき》な奴めが」

兼家は内陣におりるや、歯を嚙み鳴らした。なにかに憑《つ》かれたような形相である。大燭台が炎をゆらめかせる内陣には、道隆、道兼、道綱、源満仲、頼光らが車座にすわり、図面をひろげて額を寄せ合っている。

「のるかそるかのこの時機に、道長め、結婚などとぬかしおる。なんという奴じゃ」

「あの者は、そうした男でござる」

道隆が薄く笑った。

「道長は、正義感がつよいゆえ、謀議にはむきませぬ」

「話をもどすぞ」

兼家はどっかと円座にすわると、酒灼けした鼻をうごめかせた。

奸譎《かんけつ》な人物である。こと策謀となると、水を得た魚のようになる。安和の変のときも、主謀者三兄弟、伊尹《これただ》、兼通、兼家のなかで、この兼家が最も積極的に策動《さくどう》した。藤原摂関家の典型的な体質といえる。

「大納言卿、その玄寃とやらはまこと、信用できるのでございましょうな」

源満仲が老い錆《さ》びた声でいい、ぎょろりと眼をうごかした。この老人は、干し鰊《にしん》のように痩せて光沢のある貌をしている。

満仲は若いころ、鞍馬《くらま》山にこもって修験の修業をした。経文も読めるし、滝に打たれて荒行をしたこともある。

「玄鬼とやらは、名はいかにも大峰山の修験者のようでありながら、いささかにおいがちがうような気がいたしまする」

と、疑わしげに眉根を寄せた。

「そのようなことは、どうでもよいわ」

兼家が叱りつけるようにいった。武士の源満仲ごときは、通常であれば、大納言の兼家と同席さえ許されないのだ。

「弘徽殿の女御が、帝の御胤《おんたね》を宿し、内裏から退出して、実家《さと》の大納言為光邸に帰ったが、しだいにやせ細り、床に臥《ふ》せておる。そのような状態で、丈夫な和子を産めようか」

兼家がにぶく嗤った。もとより、為光邸には兼家の息のかかった者がいる。それゆえ、女御忯子の様子は兼家に筒抜けなのである。

「忯子の病いは玄鬼の呪詛にほかならぬ。玄鬼めは人を呪殺する力をそなえておる。まろの眼の前で小者を呪殺してみせたわ」

「父よ、帝は忯子さまが病いの床に臥せておられるのを、ことのほか心痛なされておられまする」

道兼が身をのりだしていった。この者は、蔵人《くろうど》（秘書）として花山帝の側に仕えている。

道兼のいうごとく、花山帝の気のもみかたは尋常ではなく、陰陽寮の陰陽師を総出させて、各種の祈禱を行わせるとともに、ひっきりなしに蔵人を為光邸の怟子のもとに見舞いの使いに立て、すこしでも遅れると、狂気のごとくに怒気を発して、使いの者に謹慎を命ずるというありさまであった。

「玄蒐めの申したとおり、好機じゃ、これ以上の好機はあるまいて」

兼家は陰謀めいた眼つきで酒盃を口にはこんだ。

花山帝の信任のあついのは中納言義懐《よしちか》であった。

二十七歳の義懐は前摂政伊尹《これただ》の子で、少壮気鋭の官僚であり、理想政治の実現に燃えている。

花山帝即位後、義懐が手をつけたのは、これまで敬遠されがちだった銭貨の信用を高め、全国に流通させるための政策である。さらには、開拓能力を持つ大貴族や大豪族のみが旨味《うまみ》を享受した荘園の新設について、断乎《だんこ》として停止を打ちだしたのだった。

この荘園の新設の停止は、藤原摂関家にも、源満仲、頼光にも、はなはだおもしろからぬことであった。

「帝の怟子への異様なまでの愛着が、われらのつけめじゃ」

兼家が老獪《ろうかい》にふくみ笑った。

「十八歳で即位し、わずか二年で退位した冷泉《れいぜい》帝も狂気をはらんでいたが、今上《きんじょう》帝も同様に異常じゃ」

兼家が酒盃をぐびぐびと干した。

花山帝は、学問はもとより、和歌、作詩はもとより、庭造りや調度にほどこす蒔絵螺鈿の細工など、多趣味で、その素養は深く、言動にも狂気めいたところはないが、のめりこむと熱中するあまり、前後をかえりみなくなる。

忯子への異様な愛着も、そうした花山帝の性格によるものだろう。

が、兼家が異常と決めつけるほどのものではない。

十九歳という多感な齢もあって、花山帝は忯子に惑溺し、他の女御には芥子粒《けしつぶ》ほどの関心も示さなかった。当然ながら、懐妊したのは忯子一人である。

「すでに手筈《てはず》はととのっておる。あとは、玄鬼の呪詛が忯子の命を縮めるのを待つのみじゃ」

兼家が奇怪な笑い声をたてた。

風もないのに、大燭台の炎が怪しく揺れる。

その頃――。

小一条院のちかくに廃墟があった。

かなり広い敷地を占めているが、門のなくなった築垣は、いたるところがくずれおち、無残なまでに荒れはてた邸内の様子が通りすがりにもうかがえた。

建物は寝殿造りだが、対の屋のひとつはなくなり、のこっている部分が雑草に埋もれるようにして建っていた。

その軒はかたむき、屋根の檜皮がめくれ、荒れに荒れた空邸《からやしき》の奥に、おぼろな灯影がにじんでいる。

その部屋には、黒衣の玄鬼が座していた。修験者のいでたちではなく、漆黒の道服に漆黒の袴をつけている。

玄鬼の前に、護摩壇《ごまだん》がしつらえてあった。

護摩壇には紅蓮《ぐれん》の炎が熾んに燃えさかり、護摩の煙が黒雲のみちるがごとく部屋に渦巻いていた。

「われは求め、訴えん。われは求め、訴えん」

玄鬼は口の中で呪文を唱え、片手に印《いん》を結び、恞子と書いた木札を護摩壇に投げこむ。すると炎はさらにはげしく、業火《ごうか》のようにめらめらと燃えあがった。

呪詛する玄鬼は脳袋《のうたい》に電流をつぎこまれたかのように、人間の形相をうしなっていた。悪意にみち、邪心にまみれた眼は赤くただれ、唇はゆがみ、頬はひきつり、炎に照り返されて赤銅《しやくどう》色にかがやく奇怪な貌は、さながら悪鬼のごときすさまじさであった。

やがて、昼となく、夜となく、焚きあげる濛々《もうもう》たる護摩の煙に満ちた部屋に、目に見えない妖気のようなものが走りまわり、ひっきりなしに痙攣《けいれん》しはじめた。

あたかも怨霊、死霊、悪霊が哄笑《こうしょう》を発して飛びまわっているかのようであった。

5

道長は二条の東辺あたりに馬をうたせていた。

平安京は漆黒の闇に塗りこめられている。東三条の兼家邸の門外に出たとき、すでに宵闇が濃厚であった。

馬上の道長の顔に憮然《ぶぜん》たるものがある。父である大納言兼家のゆるしがなければ、土御門倫子との婚儀はととのわないのだ。

父兼家の態度や挙動も釈然としない。とにかく、東三条邸に出向いた道長が迷惑でたまらないといった様子なのである。

道長の浮きたった気持は父兼家の苛立たしげな表情を見た瞬間に萎《な》え凋《しお》れてしまった。兼家が座敷から姿を消すと、はげしい怒りの感情が胃の奥底から猛然とつきあがってきた。

母時姫の正親町邸で育った道長は、父の愛情とあまり縁がなかった。

この当時よりは、藤原摂関家のような最上流の貴族はもちろん、中流貴族、武士階級から、庶民の末端にいたるまで、誕生した赤ん坊は男子より女子のほうが喜ばれた。

上流貴族は生まれた女子に幼女のころから和歌、琴、手蹟、聞香など婦人としてのあらゆる教養を身につけさせて、帝の女御に送りこむ。その女御がめでたく帝の胤を身内に宿し、男子を誕生させせれば、その貴族は外戚《がいせき》の資格を得ることができる。

兼家が兄の関白兼通によってことごとく出世を妨害され、大納言にとどめおかれていても、捲土重来《けんどじゆうらい》を心に期して隠忍《いんにん》の日々を送っているのは、次期の帝である東宮懐仁親王の外祖父であるからにほかならない。

円融帝の女御として内裏に送りこんだ詮子が産んだ懐仁親王は、兼家の東三条邸でつい先ごろまで暮らしていたのである。

花山帝が退位し、懐仁親王が即位さえすれば、兼家は帝の外祖父として摂政の地位につける。

それゆえ、花山帝の退位に兼家は鬼火のような執念を燃やしているのだ。

現関白の頼忠は花山帝の外戚ではなく、関白とは名ばかりで、朝廷の実権は花山帝の外戚の若き中納言藤原義懐にうばわれている。

義懐は有能な官僚藤原惟成《これしげ》と組み、斬新な政策をどしどしうちだしている。

このように、帝の外戚であることが廟堂の実権をにぎる絶対的な条件なのである。

帝にとって、最も信頼でき、後見をうける親族は、いうまでもなく母かたの一族なのだ。

しかも、当時は、赤ん坊の生誕、生育が父の一族内ではなく、母の一族内でおこなわれた。すなわち、皇太子懐仁親王は東三条邸の庭を走りまわり、兼家に可愛がられて成長したのだった。

中流階級の貴族や、はるかに身分が下の武士でも、娘の器量がよければ、大貴族の御曹子にみそめられて妻となる可能性があり、栄達も夢ではなくなる。

庶民や下層民の娘でも、なにかのきっかけで武士や貴族の妻になれるかも知れないし、人買いに売って銭にすることができる。

それゆえ、庶民階級にとっても、娘はせがれよりはるかに価値が高いのである。

道長は、父兼家が自閥本位《じばつほんい》の謀略をずいぶんとやっているのをうすうす知っている。またなにか腹黒い策謀をめぐらしているのだろう。

道長はむしゃくしゃしていた。

梅雨の水無月（六月）にはめずらしく、夜空には星がきらめいていた。その星のきらめきが森閑とした左京の屋敷町にふりそそぎ、人気のない路面にまばらに散っている。

不意に道長の眼がきつく光った。

はるかな右京の一角から紅蓮の炎が燃えあがったのである。

盗賊だ!!

直感した刹那《せつな》、道長は猛然と馬をあおって燃えあがる炎に向かって駈けだした。蹄《てい》音《おん》が寝しずまった市街にけたたましくなだれた。

道長は鞭をくれ、脚も折れよと馬をあおった。華鹿毛《はなかげ》の駿馬《しゅんめ》は尾髪を振り乱して、翼あるもののごとく夜の市街を疾駆していく。

馬上で手綱をにぎる道長は夢中であった。この若き貴公子は悪を見すごしにすることのできない正義の魂をになっているのである。

群盗に襲われたのは指長者《ゆびのちょうじゃ》という洛中屈指《らくちゅうくっし》の商人の屋敷であった。禿鷲《はげわし》と異名をとる猛悪な盗賊が三十人ばかりの配下をしたがえて、右京・小松小路の指長者の館を襲撃し、屋敷に乱入して火をかけたのだ。

「者ども、斬って斬って、斬りまくれ。女はさらい、金蔵、米蔵から黄金と米をはこびだせい!!」

頭目の禿鷲が血太刀をふりかざして叫びあげた。

身の毛のよだつようなすさまじい形相であった。悪鬼のようなと言おうか、羅刹《らせつ》のようなと言おうか、金色の炬眼《きょがん》をきらめかせ、牙をむきだした赤い口は耳まで裂けていた。それは、生身《しょうしん》の顔ではなく、舞楽の仮面をかぶっているのだった。

指長者の館のなかは悲鳴と絶叫がひびき、鮮血が乱れ散る。奉公人や雇い入れた武者たちが禿鷲とその配下に斬り伏せられていく。

禿鷲たちは悪虐、酷烈《こくれつ》であった。へやの隅にうずくまり、頭をかかえて震えている奉公人や使用人たちを薪《まき》でも割るように斬り裂く。まさに、血に飢えた悪鬼の所業といえよう。

禿鷲一味は不敵にも二十数棟もならんだ金蔵や米蔵の前の広場で篝火《かがりび》を焚き、蔵の中からコモ包みや革籠、銭箱、米俵をかつぎだしてはつぎからつぎに手際よく、蔵の前につないである十五、六頭の馬の背に駄《だ》している。

屋敷からかつぎだされた七、八人の女どもは手を後手に縛られ、口に布を咬まされて、ひとところに集められ、生きた心地もなく全身を震わしている。

つないである馬の群れも、もちろん、指長者の持ち駒である。それらの馬は、諸国から荷駄《にだ》をはこんでくる馬をつなぐために、一定間隔をおいてきちんと立てつらねた駒つなぎの杭《くい》に繋がれていた。

禿鷲は指長者に雇われた武者どもをあらかた斬り伏せると、館内から血太刀をひっさげて蔵の前の広場にあらわれ、唐櫃《からびつ》を据えてどっかと腰をおろした。

そこへ、ただ一騎が風を巻く勢いでおどりこんできたのである。

道長は馬上、銀《しろがね》造りの太刀をぬきはなち、烈火の剣幕で大音声《だいおんじょう》を発した。

「盗賊ども、追討《ついとう》に立ち向かったは、従五位下右兵衛権佐藤原道長ぞ。神妙に縛《ばく》につけい!!」

道長は駿馬の鞍上から敏捷にとびおりるや、間髪を入れず、唐櫃に腰を据えている禿鷲の顔面へ、渾身の力をこめて真一文字に斬りつけた。

不意をつかれ、あっけにとられていた禿鷲は舞楽の仮面を断ち割られた。

「ぎゃあ!!」

禿鷲の唇から野獣の咆哮《ほうこう》のような絶叫がほとばしった。

道長の太刀に砕かれて跳ねとんだ舞楽の仮面の下からあらわれた面貌は、鬼灯《ほうずき》を潰《つぶ》したように血にまみれていた。

「おのれ、小冠者!!」

数人の賊どもが鉞《まさかり》や槍、薙刀《なぎなた》などをふるって、道長めがけて疾風のように襲いかかってきた。

髭面の屈竟《くっきょう》な賊が大上段にふりかぶった大鉞を道長の首すじにたたきつけようとしたそのとき、蔵の陰の暗闇から銀光をひいて髭面の賊におどりかかったものがあった。

銀狐であった。

はっとする髭面の賊の利き腕に、銀狐は牙を剥《む》いてするどく噛みついた。

「ぎゃあ!!」

髭面の賊が、悲鳴をあげて大鉞をほうりだした。

(道長卿、はやく!!)

霊妙な思念が道長を叱咤した。

銀狐がすばやく暗がりに走りこんだ。道長は夢中で銀狐のあとを追った。

そのとき、夜の寂寞《せきばく》を破って、市街の八方から喊声《かんせい》があがり、馬蹄《ばてい》がなだれるようにせまってきた。

だれかが検非違使の詰所《つめしょ》に駆けつけて注進したのだろう。

盗賊どもは浮き足立った。

「あわてるでない」

顔面を血に染めた頭目の禿鷲が一喝《いっかつ》した。

「騎馬で逃げよ。女どもは惜しいが置いてゆくのだ」

叫ぶや、禿鷲は荷駄をくくりつけ馬に飛び乗った。

「小冠者め、道長とか申したな。いずれ返礼に参上してくれるわ」

禿鷲の血まみれの顔面のなかで、憎悪をたぎらせた左眼がはげしくわなないた。


道長は暗がりを縫うようにして一散に走った。銀狐と手をとり合っている。いや、銀狐ではない。いつの間に変じたのか、サキという娘だった。

全裸のサキは腰まで引いた長い黒髪をなびかせつつ、道長の手をにぎって疾風のように市街を駆け抜けていく。

どれだけ走っただろうか。

やがて、二人は鴨川の支流の河原に出た。

「もう大丈夫ですわ、道長卿」

サキは歩をとめると、道長の手をはなし、にっこり笑いかけた。唇からのぞく白い歯が星の光をはじいて水晶のようにきらめいた。

星の光を浴びたサキの裸身が河原に白く浮きあがっている。

サキは羞ずかしそうにおもてを伏せると、豊かな髪を肩から前に垂らして、息づく胸をかくした。

道長は喉をあえがせながら、不思議なものをみるようにサキの裸身をしばらく凝視していた。鴨川の支流の細い川がさらさらと音を立てる。星の光が散った川面が銀砂をまぶしたようだった。

「道長卿」

ややあって、サキが優しく道長をにらんだ。

「いくら非道を許せぬ御性格でありましょうとも、盗賊どもの唯中へ単身でおどりこむなど、無謀にすぎまするぞ」

「うむ」

道長がにがそうに笑った。

「むしゃくしゃしていたのでな。どうにもおのれの手綱をひきしぼれなかったのだ。許せ、以後はつつしむ」

「素直な卿でありますこと」

サキが茶目な眼つきを向けた。星の光が長い睫毛にかかり、サキの顔に匂わしい陰をつくった。

「道長卿は、ただの貴族の公達ではございませぬ。大いなる時代魂《じだいこん》をお担いになられた御方にございますわ」

そういうと、サキは身体を宙におどらせて、河原に生い繁る藪へ姿を隠した。彼女は、ほとんど一瞬のうちに道長の視界から消えてしまった。

「藤原道長。とてもいいお名前、サキのことを忘れないでね。サキはいつでも道長卿をお護りしているわ」

透明感のあるサキの声が、くろぐろとした藪の深みから微妙につたわってきた。

道長は河原に座りこみ、両脚を投げだし、無数の星のきらめく夜空を放心したようにながめた。サキの声が心に沁みとおるようであった。

やがて、はずみかえっていた動悸が潮を退くようにおさまっていった。

道長は微笑した。ひさしぶりの渾身の力で太刀をふるい、しかも、サキにいざなわれて右京の夜の市街を駆けに駆けたせいか、鬱《うっ》してよどみきっていた全身の血がいきいきと流動しはじめたのだった。

軀幹《くかん》が汗の臭いをまじえた体臭を発している。道長は自分の体臭に、野性味をはらんだたくましい精悍さを感じ、歓喜に似たものが胸にひろがるのをおぼえた。

河原に座っている道長に、はるかに遠い東山の阿弥陀《あみだ》ケ峰から静かな眼眸《まなざし》をそそいでいる人物がいた。

安倍晴明である。純白の浄衣《じょうえ》をまとい、張りだした台形の岩の上に座している。晴明のうしろには十数頭の銀狐が従い、警戒するようなそぶりで目を光らせている。

安倍晴明はやがて、降るような星空を仰ぎ見た。両手で印を結び、口の中で秘呪《ひじゅ》を唱えはじめた。切れ長の澄んだ眼が、霜のおりたように茫乎《ぼうこ》とかすんでいる。

晴明は天球の星の運行する軌道を観測し、晴雨《せいう》旱湿《かんしつ》、疫癘《えきれい》と豊凶《ほうきょう》、天変地異などを予知するのである。

なにより大切なのは、五星であった。

土（塡星《てんせい》）木（才星）火（熒星《けい》）金（太白星）水（辰星）の五星とその位置は、人間社会につねに影響をおよぼしているのである。

熒惑星は火の精であって、五星の伯であり、人君を司り、戈《いくさ》の成敗と、妖孽禍乱《ようげつかりらん》、兵乱疫喪《えきそう》、飢《き》旱災火《かんさいか》を予兆する。

五星の運行については、木星は右旋しながらおよそ十二年かけて天を一周し、土星は二十九年あまりで一周天、火星は二年足らずで一周天する。

金星と水星とは、共につねに日輪と前後して遠くはなれることなく、一年に天を一周する。

星座の主要なものは次の通りである。

紫微垣《しびえん》（三十八座）百八十四星。

天市垣《てんしえん》（十四座）五十九星。

列舎并付宮《れいしゃへいふきゅう》（三十五座）百八十二星。

太微垣《たいびえん》（十四座）五十九星。

中外宮《ちゅうがいきゅう》（百八十二座）九百八十一星。

これらのほか、各座の内に属する微光星が、合わせて一万一千五百二十星あり、人間の運命や吉兆禍福《きっちょうかふく》をあざなっているのである。

「太白星（金星）がまたもや、濃い妖気を発しておる」

安倍晴明の刻みのするどい秀麗な顔にかすかな曇りが生じた。

「女御柢子様の寿命が呪詛によって尽きようとしている。わたしには、お救いすることはかなわぬ」

晴明の唇から呼吸のようなつぶやきが洩れた。

「怟子様には、まことにお気の毒ではあるが、こればかりはいたしかたない。尊き犠牲になっていただくよりほかはなかろう。されど、怟子様の犧牲によって、道長卿の道がひらける。大いなる時代魂の担い手の道が」

晴明の相貌《そうぼう》に苦悩の翳《かげ》りがおりた。この底知れぬ叡知を宿す神彩《しんさい》を帯びた陰陽師の胸中には、はたして、いかなる深謀遠慮《しんぼうえんりよ》が蔵《かく》されているのであろうか。

6

五条松倉の色里に、こざっぱりと法師拵《ほうしごしら》えした風の法師が、薄雲《うすぐも》というなじみの遊女と戯《たわむ》れていた。この酒仙《しゆせん》の趣きたたえた飄々《ひょうひょう》とした人物は、色ごとがなにより好きで、隅におけぬところがある。けれども、決して嫌らしい人柄ではなく、薄雲を淡々と愛撫したのち「ああ、さっぱりしたわい」と、ひとなつっこい笑顔をみせるのである。

「愚《ぐ》僧《そう》のところは貧乏寺でな。七十半ばになる和尚さまと、わしと二人きりでお寺を守っているのだが、その和尚さまが、弁天さまでも拝んできなされ、と、ときどき小遣いをくだされるのだ。わしもまだ枯れる歳ではないゆえ、ときどき、そなたのような美女の柔肌の匂いを嗅《か》ぎとうなるのよ」

風の法師はそのような口から出まかせの軽口をたたいて、まことに屈託がない。

とはいえ、こうした色里は風の法師の情報源なのであった。

朱雀門の輦溜り同様、京の色里には、都のなかのあらゆる出来事があつまってくるのである。貴族の屋敷の舎人《とねり》や雑色たちがその日見聞きした出来事や噂を寝物語に遊女に語って聞かせるのだ。

風の法師は五条松倉の色里を出ると、その足で正親町の道長邸に向かった。しなびた胡瓜《きゅうり》のような顔にくえない笑みがあるのは、薄雲の口から道長の噂を聞きだしたせいであろうか。

風の法師は腕門から道長邸に入った。

「これは、風の法師どのではござらぬか」

家司、鹿島良持《かしまのよしもち》が厩舎のほうからやってきて、風の法師を呼びとめた。上背があり、胸板のがっしりと厚い、精悍な郎党《ろうとう》を一人したがえている。

侍所《さむらいどころ》は、西の対の屋の外に、厩舎とならんで建っている中にある。薄暗いそこは、多数の侍たちが車座にすわり、日のあるうちから投銭《がにうち》や賽子《さいころ》博奕に血道をあげている。まことにがらの良くないところであった。

四人の家司のなかで、鹿島良持は侍所の別当（長官）を兼ねている。

「これなるは、平信盛《のぶもり》と申し、伊勢《いせ》平氏の平維衡《これひら》どのの縁《えにし》につらなる者にござる。若輩なれど、武勇に秀れた剛の者でありますぞ」

「ふむ」

風の法師は、鹿島良持の背後に小腰をかがめてひかえている布垂衣《ぬのひたたれ》を着た郎党を値踏みするようにながめた。

なるほど、がっしりと肩が張り、首筋が太く、腰幅がある。骨組が粗く、皮膚があつく、鋭い眼のきらめきにはげしい気性があらわれている。

「平維衡どのの縁と申すと、郷里《くに》は伊勢かな」

風の法師がしゃくれたあごをひねりながら聞いた。

「おおせの通りにございまする」

平信盛がわずかに腰をかがめた。

「道長卿が、連れ歩く郎党を一人、召しつれよと申されましてな。それがしとしましては、道長卿には一人や二人ではなく、七、八人は従えていただきたいと常々思うておるのですが、なにぶんにも一人歩きのお好きなご気性でござるゆえな」

鹿島良持がいった。この五十なかばの家司は、以前、山陰地方の掾（地方官）をつとめ、いまは退官しているが、道長が累進したあかつきには、その引きで介かせぎをしたいという下心をもって正親町邸に勤仕《きんし》しているのである。

「実直そうで、よろしいではないか」

風の法師はにこりと平信盛に笑いかけると、そのまま、すたすたと寝殿のほうへ歩み去っていった。

風の法師は寝殿の南面から階段をのぼり、廂の間にずかずかふみこんでいった。身分階級がことのほかやかましい時代に、なんともひとをくったような無作法さである。

道長は綾文《りょうもん》の直衣《のうし》に、立烏帽子をかぶり、文台によりかかってぼんやり頬づえをついていた。

「おっ。うまそうじゃな」

風の法師は文台に乗っている枇杷《びわ》を盛った籠を目ざとくみつけ、籠ごととりあげた。

「色が濃く、おおぶりなよき枇杷じゃ、紀州の産であろう」

風の法師はあぐらをかくと枇杷の皮をむき、むしゃむしゃと食い、指にしたたる果汁をなめた。

「道長卿、小松小路の指長者の館における武勇伝、聞きおよんだぞ」

「そうですか」

道長は頬ずえをついたまま、顔も向けずにいった。

「凶賊禿鷲に単身いどみ、その顔面にひと太刀あびせたとは、まことに天っ晴れじゃ、わしも鼻が高いわ」

「どうしてそのようなことが市中の噂になるのでしょうか」

道長は迷惑そうに眉をひそめた。

「それはな、見た者がおるからじゃよ」

風の法師がからかうように笑った。

「この平安京では、かならずだれかの眼がある。それゆえ、人々の口にのぼり、噂は市中に風のようにひろがる。京人は噂というものがなにより好きであるからな」

風の法師は四つ目の枇杷をとりあげた。

「われながら無謀なふるまいでした。凶賊の鉞に首をはねとばされかけたところを助けられました。九死に一生を得たといえましょう」

「ほう」

風の法師が枇杷をほうばりながら道長に眼をむけた。

「して、だれに助けられたのじゃ」

「安倍晴明どのです。正確に申せば晴明どのの式神《しきがみ》の雌狐に助けられました」

「それはよい」

風の法師は手をたたき、子供のように笑った。

「安倍晴明が道長卿の後盾になってくれれば、これほど心強きことはないわ。いかなる呪詛も効かず、怨霊《おんりょう》、死霊、悪霊、魑魅《すだま》、魍魎《もうりょう》のたぐいも道長卿にはよりつかなくなるというものじゃて」

「風の法師」

道長が納得し難いおももちで首をかたむけた。

「どうして洛中に群盗がこうも出没いたすのでしょう。小松小路の指長者の館はおろか、賊は大内裏にまで忍びこみ、女房たちに悪さをするなど、とても信じられません」

「それはな、大内裏に賊の一味がまぎれこんでおるからじゃよ」

風の法師がおどかすような眼つきでいった。

「雑色、舎人、侍所の武者はいうにおよばず、各省庁の官人、女官さえもが、賊と気脈を通じておるのよ」

「まことでしょうか」

「検非違使とて、どこでどう賊どもとつながっているか、わかりはせぬ。だからこそ、百鬼夜行《ひやつきやこう》の世の中なのよ」

検非違使庁は、刑部省行政のうちで、もっとも力を入れた活発な機関であるはずなのだ。

この管下では、巡察、糾弾、勘問《かんもん》、聴訴、追捕、囚獄《しゆうごく》、断罪、免囚《めんしゆう》まで、刑務と検察行政のすべてにわたっている。大内裏外の京中はもちろん、畿内、全国の司法も行い、諸国には諸国の検非違使を任命している。

その検非違使のなかに賊徒の息のかかった者がいるなど言語道断、もってのほかである。

「道長卿、賊には二種類あるのをご存知かな」

風の法師がいった。顔は笑っているが、皺に埋れた眼には真剣な気配があった。

「道長卿が白刃をかぎりにいどみかかった禿鷲や、八坂の不死人《ふじびと》などという凶盗は、市中を荒し、男は惨殺し、女はさらい、人の皮をかぶった地獄の鬼畜じゃ。だが、袴垂なる怪盗はいささかちがう。この賊は悪辣非道《あくらつひどう》な金持、賄賂をむさぼる顕官などの第邸を襲撃し、うばった金品を下層民にほどこす反骨の精神の持主なのじゃ。もとより、朝廷の官僚にすれば、国家転覆をたくらむ極悪な大罪人ということになるがな」

風の法師は意味ありげなおもつきで、薄く笑った。

「庶民や貧民の眼には、袴垂は義賊と映ろうな。大唐帝国においても、その末期には袴垂のような世間《よのなか》に人気のある義賊が大勢跳梁いたした。そうした義賊のなかで、力のある者が反乱軍の首領となり、王朝に叛逆《はんぎゃく》の狼炎《のろし》をあげる。だが、そのような者の大多数は、賊として殺されるか、窮して斃死《へいし》するか、そのどちらかじゃ。まして、隣りの大陸とくらべれば、芥子粒ほどもないこの日本において、朝廷に反逆する者は、かならず滅ぶ。朝廷の権能《けんのう》と威厳はまだまだ全国におよび、圧倒的じゃからな」

「いまから四十五年前に起こった平将門《まさかど》、藤原純友《すみとも》の乱のようにでしょうか」

「うむ」

風の法師は真面目なおももちでうなずいた。

「期せずして東西で起こった将門、純友の大乱は、わしの記憶にまだ新しい。まさに、天地の覆るかのような騒ぎであった」

風の法師はこぶしを口許に当てがい、二度空咳をついた。

藤原純友を盟主とする日振島《ひぶりじま》の海賊は、瀬戸内海を往来する商船を襲撃し、海岸地帯を荒し、猖獗《しょうけつ》をきわめる一方であった。しかも備前介《びぜんのすけ》藤原子高《さねたか》、播磨介《はりまのすけ》島田惟幹《これみき》が純友に捕えられ、朝廷は戦慄した。播磨は京から三十二里ほどしかはなれていない。廟堂内の官僚らは足許に火のついたような動顚ぶりだった。

追い打ちをかけるように、坂東で平将門が蜂起した。

将門は常陸《ひたち》国府を占領して印鑑をうばい、国司を放逐すると、下野《しもつけ》、上野《こうずけ》めがけて怒濤のように襲いかかり、東国一円の火雷天神《からいてんじん》の大旗をひるがえし、京の朝廷に敢然と挑戦したのだった。

平将門は豪勇無双で、悍馬《かんば》をあおって国府軍の堅陣をぶちやぶる猛獣のような野戦将軍なのだ。将門にひきいられた反乱軍は、烈風にあおられた野火のように勢い熾んであった。

天慶三年元旦、朝廷は東海、東山、山陽の三道の追捕使《ついぶし》を任命した。

さらに、十九日、参議藤原忠文《ただふみ》を武官である左衛門督《さえもんのかみ》に任じ、征東大将軍に選任した。

「征東大将軍に任ぜられた藤原忠文卿は、惰弱《だじやく》でなまぬるく、臆病な廷臣の中で、肚《たん》力剛強《りよくごうきよう》な人物であった。忠文卿は六十八歳という高齢にもかかわらず、凜然《りんぜん》たる気迫をもって東国へ向かったのじゃ」

平安京の王朝時代を通じて、ふしぎなことに日本には正規軍というものが存在しなかった。莫大な費用がかかるからである。

京に左右近衛府、左右衛門《えもん》府、左右兵衛《ひようえ》府があり、それらの省部が軍事を担当するのだが、兵力は全部合わせても二千人ていどで、これに将校級の武官の私兵を合わせても、せいぜい二千五百人ぐらいの兵力でしかなかった。

これに対して、将門の反乱軍は約七万人で、関東の地に旌旗《せいき》が満ち、数万の炬火《たいまつ》が夜空の星ときそい合っている。

「藤原忠文卿の出達は、すべての京人に見送られた。京のひとびとは朱雀大路の左右をうずめ、鴨川をこして粟田口《あわたぐち》から蹴上《けあげ》のあたりまで堵列《とれつ》して、征東大将軍の勇姿を見送ったのじゃ。ところが、征東大将軍藤原忠文卿ひきいる軍勢は走り使いの小者や雑人を加えても四十人に達しないというありさまであった。だが、ここからがすさまじい。平安京を出たとたん、畿内の豪族や勢力家が三百騎、五百騎と武者をしたがえて征東大将軍の旗のもとに馳せ参じ、近江をぬけるころには数万の大軍にふくれあがった。よいか、道長卿。これこそが朝廷の権威であり、権能なのじゃ」

風の法師のしなびた顔にある種の凄みがこもった。

「地方豪族が先を争って馳せ参じたのは、恩賞目当てなのじゃよ、朝廷軍に加わり、逆賊相手にめざましく働けば、恩賞は望みのままだ。恩賞とは金銀財宝だけではなく、官位じゃ。地方豪族にとって、なにより欲しいのは、守、介、掾といった地方官の官職なのじゃよ。すなわち、この国の支配者は朝廷であり、朝廷は絶対的な存在なのじゃ。そして、朝廷軍に加わらなかった豪族は、朝廷軍が京に凱旋したあかつきには、どのような仕打ちをされるかわからぬ。あるいは、将門や純友らと気脈を通じていたとして、捕らえられ、首を刎《は》ねとばされるかもしれない。それゆえ、血相を変えて忠文卿のかかげる征東大将軍の旗のもとに馳せ参じるのよ」

「朝廷の権威、権能は、まだまだ揺るがぬということでしょうか」

道長が複雑なおももちで腕を組んだ。

「道長卿の子息らの時代ぐらいまでは、安泰であろうな」

風の法師が微笑をふくんだ。

「袴垂も、あるいは純友や将門とおなじく、心ひそかに朝廷を打ち倒さんという気概を持っているやもしれぬが、所詮、小粒で、京を荒す群盗にすぎぬ。とはいえ、ちまたには朝廷や藤原家主流の専横に怒る勢力が存在するということじゃ。道長卿も、そのあたりのことをよくよく考えられよ」

風の法師は、そういうと臆劫そうに腰をあげ、ふと、思いだしたようにいった。

「道長卿、卿が斬りつけた禿鷲なる賊は、八坂の不死人とならぶ鬼畜のごとき凶賊じゃ。しかも、おそろしく執念深いと聞く。顔面を斬った道長卿を深く怨み、復讐心をたぎらせてるやもしれぬ。ゆめゆめ気をつけることじゃ」

7

七月十八日。

十日余りも高熱を発して苦悶の表情を浮かべていた花山帝の女御忯子は、大納言為光邸で、八カ月の身重でついに息をひきとった。かがやくばかりに美しく『麗しの女御』と呼ばれていた忯子は、死を迎えるにあたって、身体中の精気をぬきとられてしまったように病み衰えていたという。

花山帝は忯子の訃報を聞いて錯乱し、『朕《ちん》もあとを追って冥土におもむく』と、双眼を狂的に光らせ、狂犬のように走りまわって、あたりかまわず叫びあげた。

髪を振り乱し、畳に身体を打ちつけて悶え叫ぶ十九歳の花山帝を中納言義懐や惟成は必死のおもいでなだめ、なぐさめた。

十月二十二日晩。

空には星も月もない。夜の闇は墨を塗りこめたようであった。

巨大な扉を閉めた大内裏の正面に、漆黒の道服をまとった玄鬼が闇の深みから怨霊《おんりょう》のように立ちあらわれてきた。

どこからか、夜鴉《よがらす》の啼《な》き声がうつろにひびいてくる。むし暑い空気がなにやら生まぐさい。

闇より黒い玄鬼の影のまわりにぼうっと鬼火がいくつか生じた。

玄鬼は双眼を閉じ、両手で印を結び、喉の奥で奇怪な呪文を唱えはじめた。

いくつかの鬼火がぶきみに尾をなびかせて、大内裏のなかへ奔《はし》っていく。

大内裏のなかは、あちこちに篝火を燃やし、左右近衛府の武者どもが弓矢をたずさえ、剣を帯び、鉞や薙刀、槍をたずさえ、ものものしい警戒ぶりであった。

だが、妖異なことに、それらのおびただしい武者どもは、夜が更けるにつれて一人、二人、三人と動きがにぶくなり、やがて、地面に崩れ落ち、つぎつぎに倒れ伏していくのだった。

闇に鬼火がいくつも浮かび、なまぐさい妖気はさらに濃くなっていく。

その晩、花山帝側近の義懐と惟成は所用があって内裏を留守にしていた。

清涼殿《せいりょうでん》の扉が、風もないのにひとりでにひらいた。

清涼殿内の夜御殿《よるのおとど》で寝ていた花山帝はむっくりと起きあがり、見えざる糸にたぐり寄せられるように、前のめりになって清涼殿の外へよろめき出た。

女房衆も、宿直《とのい》の者どもも、廊下に倒れ伏して寝息をたてている。

外には深い闇がよどんでいるばかりであった。

数瞬あって、濃い闇のなかに、茫《ぼう》っと、人の姿をした燐光《りんこう》がほのむらだった。

やがて、それは、白い小袿を着た女人に変じて、紙のように白い顔に髪を垂らしてゆらゆらと立った。

「忯子!!」

花山帝の唇から驚愕の絶叫がほとばしった。

忯子の亡霊は花山帝を手招きしつつ、闇の深みへ没していく。

「忯子!!」

花山帝は夢中で亡霊のあとを追った。

北隣の藤壺の間で待機していた兼家の子である道隆、道兼の眼には、忯子の亡霊は映らない。二人は花山帝ひとりが魑魅《すだま》に魅入られたように夜の闇の深みにさまよい出ていったのを見て、すばやく清涼殿に忍びこみ、中に安置している神璽《しんじ》・宝剣《ほうけん》を捧げて、皇太子懐仁親王の居館である凝花舎《ぎょうかしゃ》に移した。

花山帝は柢子の亡霊にいざなわれて大内裏の北の朔平門《さくへい》をぬけた。ふしぎなことに朔平門はひらいていた。六人の衛士も地べたに転がって眠りこんでいる。

柢子の亡霊は土御門大路を東に向かい、鴨川堤にただよっていった。

花山帝は両手で闇を掻くようにして柢子の亡霊に追いすがっていく。もとより、正気ではない。玄鬼に呪縛されて幻覚の世界にはまりこんでいるのだった。

鴨川堤には、武者装束に身をかためた源満仲、頼光が渡辺綱、坂田公時、平貞道、季武の四天王以下郎党十数人をしたがえて待機していた。

花山帝が寝装束のままうつろな眼をして鴨川堤をさまよい歩いてくるのを見るや、渡辺綱が飛鳥《ひちよう》のごとくにせまり『御免候え』と、花山帝をするどく当て落とした。

源満仲、頼光とその一党は花山帝を馬の背中へくくりつけて、ただちに平安京の東郊、山科の元慶寺《がんぎよう》に向かった。

元慶寺に入るや、待ちかまえていた僧厳久が、気をうしなっている花山帝の頭に剃《かみ》刀《そり》を当て、青々と剃りあげてしまったのである。

「御父君!!」

朝廷官衙《かんが》の刑部省の一室に待機していた兼家のもとに、道隆と道兼がころがるように駈けこんできた。あまりの緊張のためか、二人とも髪の中まで汗みずくであった。

「上首尾にございまする、清涼殿の神璽、宝剣を懐仁親王の凝花舎へお移しいたしましたぞ」

「でかした」

叫ぶや、兼家はずかりと腰をあげた。燭台の炎《ほむら》に照りかえされて赤銅色にかがやく脂ぎった面貌には、権力に対する鬼火のような執着がこもっていた。

「検非違使庁へ命じ、宮中の諸門をすべて閉ざせ」


道長は父兼家に呼ばれて、大内裏に馬を走らせた。

兼家は凝花舎にいた。大勢の女房衆をしたがえ、七歳の懐仁親王を膝に乗せて満面に笑みをたたえている。

兼家の隣りには、懐仁親王の母詮子が唐綾《からあや》の衣装をまとっておごそかに座っていた。

「道長か。今夜、花山帝は御退位され、山科の元慶寺においてご出家されたてまつられた。帝の神璽、宝剣はすでに東宮にあり、この懐仁親王が一条帝《いちじょう》として帝位にお就《つ》きあそばされ、わしは帝の外祖父として摂政となり、帝の政治を補佐したてまつる。道長、右兵衛権佐として、すぐさま関白頼忠卿のもとに出向き、御報告申しあげよ」

(父君の策動は、これだったのか)

道長は身内に戦慄をおぼえた。いまさらながら、父兼家の執念のすさまじさを感じ、思わず膝がしらが震えた。

一条帝は七歳の幼児で、なにもわかるはずはない。

摂政たる兼家は、おのれの擁《よう》している幼冲《ようちゅう》の帝に印璽《いんじ》をにぎらせ、朱肉をたっぷりつけ、その手を介添えしつつ、べったりと詔勅文《しょうちょくぶん》に朱印を捺《お》すにちがいない。

一条帝が王座に就いた瞬間、兼家は天下の権をにぎったのである。

兄兼通との凄絶な権力闘争に敗れ、ふて腐れながら悶々たる日々を重ねた兼家は、ついにここに朝廷権力を奪取したのだった。

道長は関白頼忠邸へ走り、大事出来《だいじしゅったい》の由を報告した。

翌日、関白頼忠は引退した。もともと、関白とは名ばかりの無気力な人物だったのである。

第三章　邪霊谷の血闘

1

五条柳町の料亭『翠月《すいげつ》』の青貝《あおがい》の間に、源満仲《みなもとのみつなか》、頼光《よりみつ》親子の姿があった。

五十畳の広間には、この二人のほか誰もいない。

『翠月』にくる途中、満仲は渡辺綱《わたなべのつな》を呼び、砂金の入った錦袋をわたした。

「先日は、御苦労であった。郎党《ろうとう》どもをひきつれ、四条高倉あたりの色里にでもくりこみ、遊女《あそびめ》の柔肌の匂いを存分に嗅《か》いでこよ」

「ありがたく頂戴つかまつります」

渡辺綱は錦袋をおしいただくと、郎党どもをひきつれて去った。

「世の中に貴族ほど厭《いや》なものがあろうか」

満仲は老いて白蠟《はくろう》のようになった皺面《しわづら》を不愉快そうにしかめた。この清和源氏の棟梁《とうりょう》はすでに七十歳の半ばに達している。

源氏には、源高明《たかあきら》、源雅信《まさのぶ》のような中央貴族と武士階級の二種類がある。

満仲は武士階級に属している。

桓武《かんむ》、嵯峨《さが》、仁明《にんみよう》、文徳《もんとく》、清和《せいわ》、陽成《ようぜい》、光孝《こうこう》、宇多《うだ》、醍醐《だいご》、村上《むらかみ》など、大勢の女御《にようご》や更衣《こうい》を幸《こう》し、多数の皇子や皇女をもうけた帝《みかど》はすくなくない。時代がくだるにしたがって、子孫がふえ、限りある皇室財政で養いきれなくなってしまった。

そこで、そうしたおびただしい子孫を皇族の身分から切りはなし、平《たいら》氏、源《みなもと》氏といった新姓をあたえて臣籍《しんせき》におろす例が増加した。

いわゆる皇胤《こういん》平氏、皇胤源氏である。

こうした平氏、源氏には、帝の血の尊貴《そんき》を誇り、実力をたくわえて中央官庁の顕官《けんかん》におさまる者、やせほそって衰えていく者、藤原氏に牛耳られている中央官界に見切りをつけて、地方官となり、諸国に根をおろす者など臣籍におろされてからの行き方はさまざまだが、いちはやく武士化したのは諸国に勢力を築いた者どもである。

地方の守《かみ》や介《すけ》となった平氏、源氏は税の上前をはね、領民や奴婢《ぬひ》を追いつかって原生林をつぎつぎに開墾させ、近在の豪族や勢力家と通婚して一族をふやし、屈強の奉公人や田夫《でんぷ》を訓練して郎党とした。

こうして、私兵軍団を擁《よう》する武士が誕生したのである。

とはいえ、武力だけでは富を守りきれず、勢力も拡大できない。

藤原権家《ふじわらけんか》の政治権力を借りてこそ、地方武士は勢力を拡大することができるのだ。

源満仲は摂津国《せっつのくに》多田の庄に本拠を置く武士で、もともとは皇胤源氏の一人である。

三代前までさかのぼれば清和帝にたどりつく清和源氏の嫡流《ちゃくりゅう》だが、摂津守として赴任したさい、その土地で金山、銅山の開発に成功して、巨万の富を蓄積した。

この富を武器に藤原摂関家《せっかん》に接近し、かねてよりの望みだった中央官界へ復帰をはたした。

けれども、満仲は地方暮らしでつちかった武力のせいで、武士階級とみなされ、貴族層からは排斥と嘲弄《ちょうろう》の冷遇《れいぐう》をうけ、京人《みやこびと》には暴力集団と怖《おそ》れられた。官職も各地の受領《ずりょう》か内裏《だいり》守護の武官、権門の私設警察的役どころとなってしまい、貴族階級の仲間入りをはたすどころではなかった。

さらには、平安京の京人は、源満仲、頼光を粗野な武士以外の何者ともみない。

藤原摂関家の目から見れば、武士階級である源満仲、頼光などは官位も卑しく、立って歩く犬ていどにしか思われていないのが、現状なのである。事実、源満仲、頼光は犬のように藤原氏の権門に出入りし、その番犬の役目をはたしてきた。

藤原貴族は源満仲、頼光の頼みごとをきいてやるかわりに、自分が政争をおこすときの軍兵《ぐんびょう》としてつかった。

「やがて武家の世がくる、武力が権威にとってかわる日がな。が、それは頼光、そなたの孫子《まご》の代であろう。われら、武家は何代も待たねば、くやしいが藤原氏の権威を砕滅《さいめつ》できぬのだ」

源満仲は酒盃をあおりつけると、眼をいからせてぎりっと奥歯を噛んだ。憤怒《ふんど》のため、やせた皺だらけの頬が縄のようによじれた。

「わしが去る『安和《あんな》の変』そして今回の『花山帝出家《かざん》』の件で、藤原摂関家の走り使いをしたのは、中央貴族としてのこっている諸源氏の中に入るためではない。藤原摂関家の血ぬられた秘密をにぎり、深くむすびつくためぞ」

満仲の皺の中の小さな眼が妖しい熱を帯びて、燃えるようにかがやいた。

「武士階級は、藤原氏にも、橘《たちばな》氏にも、もちろん平氏にも、いくらでもいる。東国で圧倒的な勢力を持っているのは、承平《じようへい》、天慶《てんぎよう》の乱で武名をあげた藤原秀郷《ひでさと》や平貞盛《さだもり》の子孫だ。だが、純友《すみとも》、将門《まさかど》を見るごとく、武力を持って朝廷に挑んでも、負ける。朝廷の威光は天下をあまねく照らしておるのだ。われら清和源氏の一族は中央にあって藤原摂関家とむすび、京に勢力を根づかせる。それが、かならずや三代先、四代先に生きよう。地方にどれたけ勢力を築いても、そんなものはなんの値打ちもないのだ」

おかしなものよ、と、満仲は老いた貌《かお》に自嘲の笑みをにじませた。

「藤原氏は大織冠鎌足《たいしよつかんかまたり》いらい四百五十年、兵馬をもたず、武勇ももたず、ただ制度を運営するだけで栄耀栄華《えいようえいが》をほしいままにしておる。だが、ここに武家なるものが誕生した。よいか、頼光、わしもそなたも武家の祖ぞ。いつの日か、時代がくだって藤原氏という巨木が朽ちはじめたとき、武門のなかから、かならずや竜が雲をよんで駈けのぼり、蛟《みずち》が九天からや落ちて池に潜むような、激烈な運命の変転をつくる英雄があらわれる。われらは、その英雄の礎《いしずえ》となるのじゃ」

そういうと、源満仲は手をたたいて女どもをよんだ。

源満仲は武士であるがゆえに、藤原貴族から血の震えるような屈辱を舐《な》めさせられているに相違なかった。


四条高倉の色里の遊び女《め》の閨房《けいぼう》からひそかに抜けだした者があった。渡辺綱や坂田公時ら満仲の郎党どもは遊女と添寝しながら、夢の世界をさまよっている頃である。

二十歳半ばの屈竟《くっきょう》な武士であった。ちぢれてふさふさとした濃い髭や、左右つらった太い眉と深い眼窩《がんか》をもったするどい眼には、なんとなく日本人ばなれのしたものが感じられる。あるいは、蝦夷《えみし》の血がまざっているのかもしれない。

佗田紀明《わびたののりあき》という、源満仲の郎党に新しく加えられた者で、渡辺綱ら四天王と匹敵する剛勇であった。

佗田紀明は京の闇を夜走獣《やそうじゅう》のように駆け、西大宮のちかく、公卿《くげ》屋敷ばかりならんだあたりの屋敷の門をくぐった。

左兵衛尉《さひょうえのじょう》藤原保輔《やすすけ》の居館である。

藤原保輔は、怨霊《おんりょう》となって京人を恐怖させた大納言藤原元方《もとかた》の孫であった。元方の娘祐姫《すけ》は村上天皇の更衣となり、第一皇子の広平《ひろひら》親王を誕生させた。元方も、祐姫も、広平親王が帝になることを念願したが、廟堂《びょうどう》の大実力者藤原師輔《もろすけ》の娘安子《やすこ》の生んだ憲平《のりひら》が生後二カ月で皇太子に選ばれた。

元方はくやしさのあまり食を断って死んだ。この大納言元方は怨霊となって憲平の即位した冷泉《れいぜい》帝にとり憑《つ》き、狂気に追いやり、また藤原師輔を祟り殺したといわれている。

祐姫も、広平親王も元方のあとを追うように病死し、二人とも怨霊となったという。すなわち、藤原保輔は怨霊の血統《ちすじ》なのである。

佗田紀明は闇に融けながら中門をくぐって寝殿の南庭に入った。寝殿の廂《ひさし》の間《ま》に灯影があり、ほのかな光をにじませている。

佗田紀明が庭に片膝をついた。

「紀明か」

冴えたひびきをもった靱《つよ》い声だった。

人影が南階の上にあらわれた。

「よし、上がれ。ようやく座が盛りあがりはじめたところだ」

人影が闊達《かったつ》な笑い声を立てた。

佗田紀明は寝殿の西側にまわって、そこの階段をあがった。

廂の間には、一穂《いっすい》の大燭台を中心に十数人が車座にすわり、談笑しながら酒を汲みかわしていた。

さまざまな階層の者どもである。地方の官人《つかさびと》や豪族、諸省の下僚《かりょう》、大学寮の学生《がくしょう》、衛府《えふ》武官、大官の家の舎人《とねり》、陰陽師《おんみょうじ》、商人《あきんど》、工人《たくみびと》、物売りもいれば、放下《ほうか》僧、遊女《あそびめ》までいる。

佗田紀明は放下僧の隣りに座した。

「佗田紀明じゃ。藤原権門の番犬をして成りあがった源満仲、頼光の郎党をしておる。花夜叉《はなやしゃ》、紀明に盃をとらせ」

主座にどっかとあぐらを組んだ人物が野太い声でいった。

色あざやかな袿《うちぎ》をまとった女性《にょしょう》が酒瓶子《さかへいし》をとりあげ、佗田紀明に艶冶《えんや》にほほえみながら酒をすすめた。

「東国に覇《は》をとなえた平将門公、瀬戸内の海賊をひきいて烽火した藤原純友卿、まろの尊崇する二大英雄は、残念ながら朝廷の権威の前に敗れ去った。遺憾ではあるが、時期尚早にすぎたといわねばならぬ」

館の主人、藤原保輔が朱塗りの大盃をとりあげ、豪快にあおった。

ぶあつくたくましい貌であった。濃い眉と、かがやく炬眼《きょがん》が、おそろしく強烈なものを感じさせる。巨大な軀幹《くかん》に精力がみなぎりわたっているかのようである。

「将門公、純友公は、われらのかがやかしき魁《さきがけ》ぞ。藤原氏全盛の腐りきった世は、いずれ潰《つい》える。いや、倒さねばならぬのだ」

藤原保輔の大きな眼に強烈な自我のきらめきがはしった。

「二百九十年の長きにわたって栄華を誇ったかの大唐帝国でさえも、英雄黄巣《こうそう》将軍の大決起によって崩壊し、黄巣の股肱《ここう》であった朱全忠《しゅぜんちゅう》によって後梁《こうりょう》王朝が樹立されたではないか。黄巣将軍とは何者か」

藤原保輔の声が激烈なひびきをおびていく。座の者どもは熱っぽい眼差しを保輔に向けながら、じっと話を聴いている。

「黄巣将軍は闇塩《やみじお》密売組織の首領であった。唐王朝はひとびとの生活に欠かすことのできぬ塩に、なんと三百倍もの税をかけ、庶民に塗炭《とたん》の苦しみを味わせたのだ。黄巣将軍は庶民の苦しみを救うため、闇塩を破格の安さで提供し、唐王朝と真っ向から対立したのだ。黄巣将軍は飢える庶民の支持を受け、長安を二年数カ月にわたって占領し、新王朝樹立を宣言したが、志半ばでほろんだ。とはいえ、黄巣将軍の功績はまことに偉大である」

酒を汲む者どもの間に、波のようなどよめきが生じた。いずれの顔にも昂奮の色がある。保輔の熱い魂《たましい》が音声に乗って、者どもの心に伝播していくのだろう。

「隣の大陸では、王朝にとっての賊が英雄、豪傑となる。英雄、豪傑は、もとより、天下をのぞむ。とはいえ、天下を望むというのは、ばけもののような気宇《きう》と気力と、ふしぎな運が憑いている人物にして、はじめて可能なのだ」

「保輔卿であれば、可能でありましょうぞ」

大学寮の学生が色白の頬を紅潮させて叫んだ。

応!!

応!!

座の者どもが拳をつきあげて呼応した。

藤原保輔は寛容な笑みをふくみつつ、花夜叉の酌で朱盃に酒を満たした。

「佗田紀明、源満仲、頼光は、このたびの花山帝出家、一条《いちじょう》帝即位にいかなる役割をはたしたな」

「はっ」

保輔の燃えるような視線に、佗田紀明はうなずいてずいと膝をすすめた。

「源満仲公、頼光公は郎党十数名をしたがえて鴨川堤に待機し、さまよいきたる花山帝を当て落とし、平安京東部の山科《やましな》、元慶《げんきょう》寺にはこびましてございまする」

「うむ」

保輔はがっかりしてあごに手をやった。

「満仲、頼光父子は藤原兼家《かねいえ》の命によって動いたのだな」

「いかにも」

「それにしても、花山帝が一人で夜の鴨川堤をさまよい歩くとは、いささか腑《ふ》に落ちぬ」

保輔はいぶかしげに眉をひそめた。

「あるいは、兼家の背後には面妖《めんよう》な陰陽師の影があるやもしれぬな。花山帝は陰陽師の呪術にかけられたとしか考えられぬ」

保輔が盃を口にはこぶと、不敵な眼差しを燭台にゆらめく炎に向けた。

「源満仲、頼光の館の蔵には金銀財宝がうなっているそうだ。しかも、武勇に自信があるゆえ、油断がある。襲うてみるのもおもしろかろう」

「それは、およろしいこと」

花夜叉が口もとに白い指を添えて、ほのかにわらった。この女は幻戯《めくらまし》をつかう。

「武門の棟梁と自負する源満仲の鼻をあかしてさしあげようではありませぬか。満仲公がどのようなお顔をなさるか、いまから楽しみでございますわ」

2

摂政の地位にのぼり、一躍朝廷の支配者となった藤原兼家は、狷介《けんかい》な策謀家の体質をかくし、心のひろやかな徳者を装いながら、恐怖人事を行い、一族の者をどしどし累進させた。

長男道隆《みちたか》を左大臣、次男道兼《みちかね》を内大臣、道長の異母兄である道綱《みちつな》を大納言に据え、廟堂を一族でかためた。

道長もその恩恵に浴して権中納言《ごんちゆうなごん》に昇進し、太政官の最高幹部の列に加わった。ちなみに位でいえば三位以上、官職でいえば大臣、大納言、中納言、参議《さんぎ》を公卿という。

花山帝の信任を得て、政治に新風を吹きこもうとした中納言義懐《よしちか》と蔵人権左中弁《くろうどのごんさちゆうべん》惟成《これしげ》は、花山帝退位を知るや、歯を嚙み鳴らし、馬をとばして山科の元慶寺に走った。もとより、これが兼家の策謀だということは承知している。

義懐、惟成は元慶寺の本堂で頭をあおあおと剃りあげ、袈裟《けさ》をまとい、魂のぬけてしまったようなうつろな眼をして木魚《もくぎよ》をたたいている花山帝に拝し、さめざめと涙をながした。

二人には、もはや、帰るところがなかった。廟堂にもどれば、摂政兼家に罪をつくられて、流罪か、へたをすれば首を刎《は》ねとばされてしまう。

義懐、惟成はきっぱりと覚悟を定め、頭を丸めて出家し、世間から姿を消した。

数日して、玄蒐《げんかい》の呪縛《じゆばく》が解け、正気をとりもどした花山帝は熊野に参り、滝に打たれ、石を抱き、数年の苦行を経て、帰京した。

京の小一条院に居院をかまえた花山法皇は、帝時代とはうってかわって荒淫《こういん》の人となり、夜ともなれば、あちこちの姫のもとに通いつづけた。

「陰陽頭《かみ》をよべ」

兼家は命じた。この事実上の絶対権力者には始末をつけたいことがあったのである。紫宸殿《ししんでん》と宜陽殿《ぎようでん》をつなぐ廂の間にやってきてうやうやしく平服した陰陽頭、加茂清憲《かものきよかね》に、兼家は綿をふくんだような声でいった。

「清憲。そなたがこれはと見込んだ才気ある陰陽師を、まろが屋敷につかわせ。よいな、しかと申しつけたぞ」

3

土御門《つちみかど》姫倫子《りんこ》は、屋敷南庭の池の畔《はし》の鴨東亭《おうとう》で、付き女房の各務野《かがみの》と葛湯を愉しんでいた。

池畔《いけのはた》の楓《かえで》がだいぶ色づいてきた。

澄みきった青空がとても高く、南庭に蜻蛉《とんぼ》が群れている。吹きわたる風がさわやかである。

土御門姫の浮織《うきおり》の小袿《こうちぎ》をまとった胸がかすかに息づいている。心のときめきを抑えられないのだろう。

今宵、権中納言藤原道長がこの土御門邸を訪れることになっている。

表向きは、権中納言に昇ったことを左大臣源雅信に報告するための来訪だが、実際には、倫子との婚約を左大臣雅信に承認してもらうために土御門第《てい》へ参上するのだ。

土御門姫は匂いあげるように美しく、利発そうな瞳をもっている。まことに、麗質《れいしつ》玉のごとき姫君である。

「どのような殿方かしら」

土御門姫は小首をちょっとかしげ、つぶやくようにいった。彼女は道長を遠目や輦《しゃ》簾《れん》の陰から見たにすぎないのだ。

「聡明で、秀麗な容貌をもった公達《きんだち》にございますわ。その上、武勇もございまする。先ごろ、右京の指長者《ゆびのちょうじゃ》という者の館を襲った群盗へ単身、斬りこんだとか」

各務野が世間の噂を口にした。

「あちらこちらにいらっしゃる宮中の狡児《こうじ》ではございませぬ」

各務野が神妙なおももちをつくって、首をゆっくりと左右に振った。

「屋敷にあっては、薄化粧をほどこして美衣《びい》をまとい、女の尻を追いかけることと、詩歌《しいか》管絃《かんげん》の遊楽と双六《すごろく》賭博だけで日を送り、朝廷に出ては、民の生活と無縁な儀式と手続きを政治《まつりごと》という名でおこなう雲上人《うんじょうびと》とは、道長卿はいささか趣きを異になされます。と申して、だんじて粗野ではございませぬ」

各務野は語気をつよめ、やがて、好もしげにほほえんだ。

「馬がたいそうお好きで、毎朝馬場に出て、稽古をなされております。武者のような輪乗りもおできになりますわ」

「ほかには？」

「よく書をお読みになられます。それも、唐の書物を」

各務野は道長の住む正親町《おおぎまち》邸の女房衆から聞いたはなしを身ぶりをまじえて語った。

「詩歌、管絃はなさらないのですか」

「ひととおりは、なさいまする。ことに、詩歌には卓抜な才がおありとか。けれども、恋の和歌《うた》はあまりお得意ではないそうでございますわ」

各務野が胸でちいさく可笑《わら》った。

「なぜなの」

土御門姫は、わずかに眉をひそめた。

「想うお方がいらっしゃらなかったからですわ。二十一歳にもなって、純な公達でございましょう」

各務野が楽しげな笑い声をたてた。

築山《つきやま》の裾の薄《すすき》の銀穂《ぎんほ》が涼風に揺れなびいている。

宵。

道長は鬱金《うこん》の狩衣《かりぎぬ》に鶉染《うずらぞ》めの指貫《さしぬき》というさわやかないでたちで、雑色《ぞうしき》の平信盛《のぶもり》一人を供にして、土御門邸を訪れた。馬は鬼鹿毛《おにかげ》の駿馬で、薄墨《うすずみ》という。道長がもっとも気に入っている優駿《ゆうしゅん》である。

土産の進物は昼のうちにとどけた。馬十頭と、その背に孔雀の羽、砂金、珊瑚《さんご》、琥《こ》珀《はく》、絹をつめた錦繍《きんしゅう》袋を積んだ。むろん、十頭の馬も贈品である。

左大臣雅信は豪華な贈答品に眼をみはり、道長の大気《たいき》を喜んだ。

およそ貴族とは、贈物をうけるのは非常に好きだが、出すものは舌もださないという吝嗇漢《りんしょくかん》ぞろいなのだ。

源満仲が、およそ貴族ほどいやなものがあろうか、と、嘆くのもうなずけるというものである。

道長は南殿の唐風の書院に通された。

庭がひらけている。

築山があり、蓮池があり、池には朱橋がかけられ、奇岩がいくつも置かれ、心をうばわれるばかりに壮麗な庭園であった。

築山の上に夕日がかかり、秋風が女竹《めだけ》の藪をさらさらとわたっていく。

平信盛は階の下で、片膝をついてひかえている。

やがて、扇子を手にあらわれた左大臣雅信は、道長の水際立った貴公子ぶりに眼をほそめ、大いに歓待した。

道長は山鳥の肉に舌づつみを打ち、鮭の煮びたしに箸をつけながら盃を重ね、左大臣雅信と夫人の藤原穆子《ぼくこ》と歓談した。

「このたびは、お父君の兼家卿が今上《きんじょう》帝の外祖父として摂政におなりあそばし、まことにおめでたきことでございまする。道長どのもその若さで権中納言にお昇りなさいましたし、ご一族はこれよりお栄えになるばかりにございましょう」

穆子夫人がふくよかな顔をほころばした。この婦人がしぶる雅信を説き、自分を積極的に推奨してくれたことを、道長は正親町邸の女房衆から聞き、心のなかで感謝したものだった。

「このうえは、倫子も道長どのの御為に、はやく麗《うるわ》しい女人の赤子を産んでさしあげませぬとな」

穆子夫人が優雅に微笑した。

「美貌の娘がうまれると、赤飯《あかめし》を炊いて誕生を祝うのは、貴族の家も雑人《ぞうにん》もおなじよ。それをつるに栄達しようというわけじゃ」

雅信が鼻に小皺を寄せ微妙に笑った。倫子を女御にあげる適齢の帝がいなかったことが内心口惜しいのだろう。一条帝はいまだ御齢七歳でしかないのだ。

歓談は一刻ほどにおよんだ。

雅信は脇息《きょうそく》にもたれながら、睡《ねむ》たげに生あくびを洩らしている。

「お庭を散策しとうございます。さしつかえございませぬか」

道長は穆子夫人にことわって、階《きざはし》をおり、女房のそろえてくれた庭草履《にわぞうり》をはいて庭に出た。

中天に十三夜の月が懸り、広大な庭園にある種神秘的な微光をただよわせている。

蓮池の水面に月光が青くはじけて、その燦《きらめ》きが妙にまぶしい。

夜風も、この季節特有のさわやかさで、ほろ酔い加減をやわらかく醒《さ》ましてくれる。

「いやなものだ」

月の光にあわく照らされた土御門邸のひろびろとした庭を歩きながら、道長はにがそうに唇を噛んだ。

兄の道隆と道兼の間がなにやら険悪なのである。道兼は道隆にふくむところがあるらしい。

道兼はこのたびの『花山帝出家』の件について、大いに働いたという自負がある。

道兼は蔵人（帝の秘書官）として、花山帝の様子を観察しては兼家に報告したり、側近の義懐と惟成が大内裏《だいだいり》にいないことを確認して決行日を決めたり、暗躍をほしいままにしたのである。

が、そのことについては、道長の知るところではなかった。

勘ばたらきのするどい道長は、二人の兄の間の雲行きが怪しいことに気づき、うんざりしているのだ。

道長は伯父の関白兼通《かねみち》に冷や飯をくわされた父兼家が、兼道を心のなかで憎悪しぬいているのを見て育ち、権力の座をめぐる暗闘に嫌悪感をいだいているのだった。

「そうしたものよ。累進出世には兄も弟もない。我欲《がよく》むきだしの亡者《もうじゃ》の相《すがた》があらわれるのよ」

拗《す》ね者の橘逸人《はやんど》などは、そういってせせら笑った。

「道長、そなたも、兄者の道隆どのにせいぜい胡麻《ごま》をすっておくことだ。そうすれば、出世の道もひらけるというものさ」

「おれは、出世に血道をあげたりするものか。関白などになりたくもない」

道長はむきになって答えた。

「どれほど恬淡《てんたん》をよそおうとも、時期がくれば、そなたも眼の色を変えようぞ。いってておくが、この世において、権力をもてあそぶことほど面白いことはないのだぞ」

橘逸人は腕まくらで寝そべっていた身体を起こすと、顔を道長にちかづけ、冗談とも真顔ともつかぬおももちで、声をひそめた。

「そなたが関白とか、朝廷の首班となったあかつきには、ぜいたくをいわん、おれを参議の末席に加えてくれ」

透明な闇を縫って、横笛の音《ね》がひびいてくる。

道長ははっとしたように歩みをとめ、耳をすました。すぐそばのくさむらで、スズムシやマツムシが鳴いている。

横笛の音はこんもりとした築山の陰からひびいてくる。美しい音色だった。精妙で、やわらかく、微妙な高低をつけてひびいてくる純度の高い横笛の音を聴きながら、道長はからだのどこやらが逆さまにしごかれるような戦慄《せんりつ》をおぼえ、築山に向かって吸い寄せられるように歩きだした。

築山の陰のこぶりな石に腰をおろしている女性を十三夜の月が幻想的に照らしている。

道長の心がはげしくときめいた。

青い花束のようにふりそそぐ月光を浴びたそのひとは、月の光にのって天界から舞いおりてきた精霊《せいれい》のように思えた。

不思議なものが、からだの内部で燃えあがった。その炎は全身をいきなりかっと燃えたたせるかと思うと、異常な力でからだを内側から突っ張った。

道長のちかよっていく気配を感じたのか、笛の音がひたとやみ、かわりに虫どもの鳴き声がはやしたてるようにひびきだした。

「道長卿にございましょう」

鈴を鳴らすような声であった。しかも、おちつきはらっている。

道長はうろたえた。うろたえつつ、石に腰かけた女性にそろそろと近づいていった。

その女性が土御門の姫君であることは、わかっている。

道長は無作法に近づいて、土御門の姫君に叱られることを懼《おそ》れた。このころの貴族の姫君は、男に姿どころか、生の声さえ聞かせない。お付きの女房を通して話をしなければならないのである。

その点、土御門姫は進歩的な精神をもっていた。道長より歳が上なこともあり、檜《ひ》扇《おうぎ》で顔を覆うようなこともしなかった。

土御門の姫君は石からゆったりと腰をあげ、道長に顔をむけ、瞳を凝らした。花模様を縫《ぬ》った袿にしめている薫物《たきもの》の香気がさわやかに道長の顔を打った。

「わたくし、二度、道長卿をお見かけいたしました。いちどは賀茂神社の大祭の折、いまいちどは、牡丹《ぼたん》の季節の朱雀大路《すざくおおじ》で……」

土御門の姫君は道長にすっと寄り添い、手を熱っぽく握りこんだ。道長が狼狽するほど、姫君は大胆だった。

姫君がにっこりした。彼女の顔に、月の光がまっすぐにおちている。

道長は耳のつけねまで真っ赤になった。胸が高鳴り、高熱を発したかのように全身がこまかくふるえだした。

細く通った鼻筋と、深い色をたたえて黒々とした瞳をしたその顔は、圧倒されるほど美しく、高雅な品位にみちていた。

突如として、破滅もかえりみない衝動が身体の奥底から電撃のように噴《ふ》きあがってきた。

道長は姫君を夢中で抱きしめた。姫君はなやましげな吐息をつき、道長の胸にすがりついてきた。あたたかで、たおやかで、しっとりとしたからだであった。

姫君の切ない呼吸が、道長の首筋に、湯気のように熱くかかる。

道長の胸に、幸福感がつきあげるようにたかまっていく。

「抱いて、抱いて、きつく抱きしめて、もっときつく」

姫君は道長の腕の中ではげしくあえいだ。うわずった有頂天なささやきだった。熱い呼気《いき》を吐く紅い唇が、風にふかれる花びらのようにわななき、瞳が水晶のようにきらめいた。

幾許《いくばく》かたった。

姫君はなやましげな吐息をつくと、道長の腕を優しくはずし、羞ずかしげに顔を伏せた。

「お慕い申しあげておりました。道長さまのことを……」

消えいりそうな声であった。

道長は姫君の肩にそっと手をさしのべた。彼女への愛情が胸を締めつけるようだった。

楚々《そそ》とした足音がこちらに近づいてくる。

道長はとっさに姫君との距離をへだてた。

「姫さま、どこにおいでございますか」

各務野の声がつたわってきた。とがめる様子をつくろうような声であった。

「夜風にあまりあたっておいでになると、おからだにさわりまする。秋の夜風は寒うございます。御婚礼前だというのに、お風邪でも召しましたならなんとなさいまする」

4

道長は寝装束のまま早朝の正親町の自邸の庭を散策していた。

南殿の庭の奥の木立の深みから野鳥の冴えたさえずりが清涼な朝の大気を切り裂くようにひびいてくる。

焚きのこりの篝火《かがりび》があちこちでまだうっすらと白い煙をたなびかせ、ようやく東天に昇りはじめた新鮮な太陽が、淡い光線を斜めに庭へさしこんでいる。

白砂には打ち水がされていた。小者や奴婢たちは、一番鶏《いちばんどり》が鳴く頃には、そそくさと床をたたんで働きはじめるのだ。

秋の早朝の大気はやや肌寒いが、精神がひきしまり、爽快な気分であった。

道長は浮きたっていた。二日前、土御門姫から文がとどいたのだ。文は、一条京極《きょうごく》の鴨川べりの楓の紅葉が見頃なので、一緒に紅葉狩《もみじが》りをしたいという誘いであった。

土御門姫の直筆であろう。美しい仮名《かな》文字が連らなっていた。

いくら大胆な土御門姫といえども、屋敷から道長と連れ立って行くのは、世間の眼もありやはり、はばかられる。そこで、昼前に一条京極でおちあい、鴨川べりの楓をながめながら昼弁当を一緒にいただこうという手筈《てはず》がしたためてあった。

「うらやましいかぎりだ」

昨夜、道長の部屋へずかずかあがりこんできた橘逸人が、瓢簞《ひょうたん》の酒をのみながら皮肉っぽくいった。

「男も、女も、恋におちると顔にしまりがなくなるものだが、道長、そなたも同様だな。目尻がさがって、でれっとしているぞ」

「なんとでもいえ。いまのおれはお主など眼中にない」

道長はとりあわなかった。橘逸人の毒舌は、勧学院《かんがくいん》の学生時代からなれっこになっている。

土御門邸を訪問していらい、土御門の姫君にたいする道長の情熱は苛烈《かれつ》なほどに昂まっている。あの夜、血の色の透けて見えるほどに白い姫君の手にふれた感触や背に曳いたしっとりと豊かな黒髪の匂い、ふくよかな胸や姫の息づかいなどが、折にふれて、ありありと甦《よみがえ》り、道長の心を熱くするのだった。

遠い日のことではない、わずか五日前の出来事なのだ。

「道長、四六時中、土御門姫が頭からはなれぬのだろう。無理もないわ。なにしろ、生まれてはじめて恋という魔法にかかったのだからな」

橘逸人はふてくされたように瓢箪の酒を喉にながしこんだ。

「そなたのことはさておき、東三条《ひがしさんじょう》どのは、まさにわが世の春、日の出の勢いだな。一条帝なる持ち駒を手の内に握った威力とは、まことにすさまじきものよ」

橘逸人の声が皮肉の毒をふくんだ。

「天下の摂政、東三条どののお手盛り人事の除目《じもく》で、長男道隆卿は左大臣、次男道兼卿は大納言、末っ子のそなたまでもが権中納言だ。これでは、廟堂を私物化しているといわれてもいたしかたないわ。上げ潮に乗り切った一族の得意満面ということか」

七歳の幼帝の後見として万機《ばんき》を統《す》べる大権力者となった摂政兼家は、広大な東三条の旧地をさらにひろげて、贅美をつくした壮麗な第邸《だいてい》を建設している。その邸宅の造りは内裏の清涼殿《せいりょうでん》を模したものである。

兼家は意識の上で帝王を任じているにちがいない。これも、兄の関白兼通にとことん憎まれ、長きにわたって不遇をかこっていたその反動というものであろう。

「兼家卿は得意の絶頂だろうが、絶頂は長くつづかぬ。高齢でもあるし、いずれ、死ぬる。そうなれば、たちどころに後継をめぐって藤原摂関家内部の暗闘がはじまる。道長、そなたもきれいごとではすまされぬぞ。道隆卿一族、道兼卿一族は、そなたの敵となるのだ」

橘逸人がけわしい視線を道長に射こんだ。いささか軽嬌《けいきょう》なところのある逸人だが、頭脳はするどく、読みも深い。

だが、いまの道長には、そのようなことはどうでもよかった。土御門の姫君に頭の中がすべて占領されているのだった。

「なにをいっても、無駄か。恋の魔術にからめとられているそなたにはな」

橘逸人がにがにがしげに舌を打ち鳴らした。


よく晴れた日だった。高くひろがる空が真っ青である。はるかな東山の三十六峰が紅葉に染まり、錦を織りなしている。

道長は丁子染《ちょうじぞ》め帷子《かたびら》に二藍《ふたあい》の直衣、葡萄《えび》染めの指貫に濃い蘇芳《すおう》の下袴《したばかま》といういでたちで、銀《しろがね》造りの太刀を佩《は》き、青貝摺《ず》りの鞍をおいた愛馬薄墨に颯爽《さっそう》とうちまたがった。

供は平信盛ひとりである。

「いざ行かん、鴨川べりの姫のもとへ」

道長は身体の中心から湧き起こってくる熱い潮《うしお》のような躍動を抑えながら、しずしずと薄墨をすすめていく。屈竟な体格の平信盛がつきしたがう。

信盛は道長の護衛の郎党に抜擢《ばってき》されたことに心から感激し、忠誠心にこりかたまっている。

権中納言に昇った道長は朝廷にあっては常時八名の随身《ずいじん》（護衛武者）をしたがえているが、私的には護衛は信盛ひとりであった。

（道長卿に信頼されているのだ）

そう思うと、信盛の胸は熱くなり、ひとりでに肩に力がはいった。もとより、武勇には自信がある。

はじめて道長に拝謁《はいえつ》したときの感動を、信盛ははっきりとおぼえている。

家司《かし》で侍所の別当（長官）である鹿島良持《かしまのよしもち》に、信盛は庭づたいに、寝殿の南面《なんめん》のほうに連れていかれた。

寝殿は静かだった。ひろびろとした南庭にも人の気配がしない。

鹿島良持は信盛を南階の下に土下座させ、そろそろと階段をあがっていった。小腰をかがめ、欄干《てすり》すれすれのわきを恭敬《きょうけい》しきった足どりで一段一段あがっていく。

鹿島良持は廂の間の入口に座った。

「卿、郎党を一人、召し連れましてございまする。なにとぞ、お目見得をたまわりまするように」

「そうか、ごくろうだったな、良持」

闊達な声がひびき、道長が大股に階段の上まででてきた。

「その方、伊勢の平維衡《これひら》どのの縁につながるとか。名は平信盛だったな」

にわかに、信盛の胸は早鐘を打つように動悸がはげしくなった。この武骨な若者は、無意識に両手で庭の白砂をにぎりしめていた。

「はい。それがし、伊勢国《いせのくに》は度会郷《わたらいごおり》の住人…」

信盛がいいかけると、鹿島良持が眼をいからせて叱りつけた。

「これ、直答はならんぞ！　直答はならんぞ！」

「よいよい。かまわぬぞ」

道長はきさくな笑顔を信盛に向けると、鹿島良持を手招きして呼び、小さな砂金袋をそっとわたした。

「良持は下がってかまわぬ。信盛のことは、侍所の者どもには内密にいたせ。よいな」

「ははっ」

鹿島良持は肩を小刻みに震わしながら階段をおり、そそくさと去った。

「うるさい奴がいなくなったぞ。平信盛、西側からまろの部屋へあがってまいれ」

道長が笑いながらいった。

信盛は仰天した。道長と信盛は、身分に天地ほどの差がある。伊勢国度会郷の土くさい田舎から官位を求めて上京してきた信盛など、道長からすれば路傍の石ころのような雑人にすぎないのである。

信盛は頭のなかがまっ白になった。無我夢中で南殿の西側にまわり、そこに流れている溝で手と足をすすぎ、階段をあがって廂の間の入口に座した。顔に汗がしたたり、動悸が胸にはじけかえるようであった。

「入るがよい」

道長がいった。

廂の間の中央に碁盤があり、飄々《ひょうひょう》とした法師がその前にすわっていた。

道長は風の法師と碁を打っていたのである。

「法師、この者がまろの命を護ってくれる平信盛だ」

道長が信盛を紹介した。信盛はあまりの緊張と昂奮で全身が金縛りになってしまった。

「さようか」

風の法師が碁盤からひょいと顔をあげた。

「さすがに、たくましい骨格とかたい筋肉をしている。都には、いつ参ったな」

「半年前に候」

「では、そろそろ京にもなれる頃じゃ。平信盛、道長卿をよろしく頼むぞ。この卿は若いゆえ、向こう見ずにすぎるのでな」

信盛は全身の血が沸騰するばかりに感激した。命に代えて道長卿をお護り申しあげると、この純心な若者はそのとき心に誓ったのだった。

道長の警護の任にあたるようになった信盛の世界は一変したといってよい。それまでの信盛は、侍所の薄暗いへやで博奕《ばくち》ばかりしている粗野で荒《すさ》んだ侍どもから、田舎者だの伊勢乞食だのと嘲弄《ちようろう》され、鬱屈《うつくつ》し、精神的にまいりかけていたのである。

信盛の生活に張りがでてきた。眼にいきいきとした活気がみなぎり、度会郷にいた頃の溌剌《はつらつ》とした自分にようやく戻ることができたのだった。

5

道長は一条京極の鴨川べりでしばらく待った。

紅葉の名所として知られるそこは、秋晴れの好天のせいもあって、たいへんな賑わいであった。あちこちの色あざやかに紅葉した楓の木の下に、毛氈《もうせん》や花筵《はなむしろ》を敷きのべ、重箱を並べ、酒を汲みながら、京人が紅葉狩りを楽しんでいる。

秋の陽に紅い楓がよく映える。

空気も胸のなかを吹きわたるようにすがすがしい。

道長は土御門の姫君の到着を心待ちにしながら鴨川をながめていた。堤に繁る萩や尾花や女郎花《おみなえし》が微風に揺れている。

道長の眼差しの向いている前方には、いく筋もの浅く細い流れが糸のようにもつれながらながれている鴨川があり、その向こうに、京の市街が秋の陽射しににぶく光る屋根をならべている。

(来た!!)

道長は風の鳴るなかで大きく息を吸いこんだ。眼のなかで恋する自我がきらめいた。眉のすずやかな、男らしい道長の容貌がきわだった。

朱塗りの女車が衛士や女房衆をしたがえてカラカラと音を立ててやってくる。

やがて、女車が道長とわずかに距離をへだてて停まった。

道長は息づまる思いだった。

女車のま新しい下簾から深紅の単襲《ひとえがさね》に藤むらさきの綾織物《あやおりもの》、蘇芳色のうすものの上《うわ》衣《ぎ》が影絵のように透けて見える。

女車のうしろには、海部《かいぶ》の摺《す》りをほどこした裳《も》をひろげて打ち掛けてあった。

いかにも風雅な感じの女車に、紅葉狩りの京人たちはざわめいた。

お付きの女房の各務野が小者たちにきびきびとあれこれ指図する。

女車に花筵が敷きのべられ、みごとに紅く染まった楓の下には毛の長い緋毛氈《ひもうせん》が敷かれた。

土御門の姫君が各務野に手を添えられて、女車から花筵へしずしずと降り立った。

そのかがやくばかりの高雅さ、艶麗《えんれい》さ、優婉《ゆうえん》さに、ひとびとはどよめいた。

土御門の姫君は、ひとびとの瞠目《どうもく》にいささかも関心を示さず、立ち尽している道長に艶冶な物腰で会釈し、檜扇で顔をおおいながら、楓の下の緋毛氈にゆったりと腰をおろした。

各務野は道長に近寄り、耳もとでささやいた。

「道長卿、ささっ、おいでなされませ、昼弁当を御用意させていただきました」

女房衆が土御門姫のまわりをかこみながら、螺鈿《らでん》の青貝のきらめく重箱を並べはじめた。女房たちの明るい笑い声が座をいっそうにぎやかにした。

道長は各務野にいざなわれて、土御門の姫君の前に座した。陽射しのなかで見る姫君のはじめての顔だった。

道長は言葉をうしなった。

「遅くなりまして申しわけございませぬ、道長卿」

姫君が道長にゆっくりと顔を向けた。屹立《きつりつ》する象牙のようになめらかな頬のかたえに、ほのかに鬢《びん》の毛がながれ、長い睫毛にふちどられた二重瞼の瞳のはしに、一点のきらめく火のような微笑が点じられた。

「どうぞ、御酒を。今日は紅葉狩りの無礼講《ぶれいこう》ゆえ、たんとお召しあがりくだされませ」

各務野が道長に盃をすすめ、酒瓶子をとりあげて、酌をした。

紅葉狩りがにぎやかにはじまった。女房衆も外へ出て解放され、あれこれと殿方の噂話に花を咲かせながら、酒を召し、笑い合い、楽しそうに重箱の料理に箸をつけた。

重箱には、笹の葉でつつんだ粽飯《ちまきめし》、蛤《はまぐり》の煮物、鶉肉《うずらにく》の焙《あぶ》り焼き、小鯛《こだい》の酢押し、煎りあげた椎の実、鮎《あゆ》の甘露煮《かんろに》など、みるからに旨そうな料理がぎっしり詰まっていた。

道長は女房衆の衣装に焚きしめた薫物の香にむせながら、喋ることもできず、ひたすら黙々と盃をかさねていた。

ふと、視線の遠くに人の姿が映った。

道長ははっとした。

水もしたたる貴公子であった。彫りの深い面差しには詩情がたゆたっている。

濃むらさきの立烏帽に若葉色の狩衣をまとったその人は、まぎれもなく安倍晴明《あべのせいめい》であった。

安倍晴明は道長の眼差しに気づいたのか、ほのかな微笑をふくんでゆったりと会釈し、陽射しの死角となった薄暗がりへ融けこむように姿を消した。

「どなた様でございますの」

目ざとい各務野が興味ありげに聞いた。

「錦絵のなかからぬけだしてきたかのような清らかな貴公子でございましたこと」

「安倍晴明どのです」

「えっ」

各務野は絶句し、ややあって、「まさか」と、疑がわしげに眉をひそめた。

「安倍晴明さまと申せば、村上帝の御世に活躍なされた大陰陽博士ではございませぬか。いま生きておられたなら、白髪の翁でございましょう。あのような二十歳そこそこのお美しい貴公子のはずがありませぬ。おからかいあそばしますな」

「ほほほ」

それまで口をひらかずにいた土御門の姫君が口もとに白い手を添えて、明るい笑い声をたてた。睫毛の長い瞳が、艶やかなほどの黒い光をはなっている。

「安倍晴明さまは、お歳を召さないのですわ。母がそのように申しておりました。母は安倍晴明さまにことのほか可愛がられたそうにございます」

道長は意外な気がした。が、土御門の姫君の母穆子は、道長との婚儀を極力推奨し、陰でいろいろと骨を折ってくれたのである。

その穆子が安倍晴明に可愛がられたという。

道長は安倍晴明に霊的なものを感じずにはいられなかった。

「母が申しますには…」

土御門の姫君が物語りはじめた。

穆子の父、土御門中納言藤原朝忠《あさただ》と安倍晴明は無二の親友であった。

朝忠が現在の土御門邸を建てるにあたって、安倍晴明はその敷地に菅蓆《すがむしろ》を敷き、四隅に榊《さかき》を結び、注連《しめ》をめぐらし、白木の台に幣帛《みてぐら》を立てて、背織津姫《せおりつ》、速秋津姫《はやあきつ》、速《はや》佐須良姫《さすら》、気吹戸主《いぶきどぬし》を四柱《しちゅう》に祀《まつ》った。

安倍晴明は白木の台の下に玉串《たまぐし》をおさめた祓箱《はらいばこ》を置き、その前に座して三日三晩、悪霊、怨霊《おんりょう》、死霊、邪気、瘴気《しょうき》を祓う祈禱《きとう》を行ったという。

「それゆえ、土御門邸は上東門邸《じょうとうもん》とも、京極邸ともいわれる名邸宅として、火災にも遭わずに今日までできたそうなのです。つまり、土御門邸は、安倍晴明さまの霊力が護っているのですわ。母はそう信じておりまする」

安倍晴明大博士が天文、暦算、陰陽の術にたけておられるのはさることながら、式《しき》神《がみ》という守り神が大勢ついていらっしゃって、奴僕さながらにそれらの式神を使うことができましてよ、と、土御門姫は茶目っぽく瞳をうごかした。

「母が申すには、朝夕、人もいないのに門の扉が開いたり閉ったりする。重い格子や蔀《しとみ》があがったりおりたりもします。晴明先生が式神に命じてやらせているとのことでございますわ」

「されど、どうして晴明さまはお歳を召さないのでしょう。そのようなことがありましょうか」

各務野がいぶかしげに頬をへこました。

「それはね」

土御門の姫が謎かけするような眼つきでいった。

安倍晴明は道引《どういん》とよばれる道家の呼吸法を毎日、長時間おこない、自己鍛練をかさねている。一定の方法によって深呼吸するだけのごく簡単なものだが、大気を体中に導き入れ、それによって宇宙に合一し、心を鎮め、諸欲を去る。

こうして安倍晴明は自分のなかの世俗的な野望、餓欲《がよく》、出世欲、名声欲といったなまぐさいものをすこしずつ消していき、かわりに若さを保つことができたというのである。

「晴明さまは、お隣りの大陸の老子の哲学を深くご研究なさいました。老子の教えは禅のように悟りという至難なことは要求いたしませぬ。老子は幼児がもっとも宇宙にちかい存在であると説きまする。このため、日常の生活態度は幼児を理想とし、幼児のように柔弱《じゆうじやく》であれとするもので、道引をかさねていけば、いずれは自己を幼児に似た透明な状態にまで持っていけると申しまする」

「わたくしも、その道引とやらをやってみましょうかしら」

　各務野が真顔でいった。

「これ以上齢を召したなら、化粧で顔の小じわをかくすことができなくなり、殿方が寄りつきませんもの」

　女房衆がどっと笑った。

　突如、足音がなだれ、わめき声が割れかえった。

　襤褸《ぼろ》をまとい、髪をふり乱した雑人どもが七、八人、棍棒をふりかざして殺到してくる。

　道長は衝動的に太刀を引き寄せ、土御門の姫君をかばってすっくと立った。

　護衛の武者たちが太刀に手をやって身がまえた。放火、群盗、人殺しや人攫《ひとさら》いなど、ぶっそうなとりざたを耳にしない日はない近ごろの世相であった。なにが起こるかわかったものではなかった。

　悪鬼の形相で暴れこんできた雑人どもの全身には凶暴な殺気がみなぎっていた。

　鴨川べりの紅葉狩りの場に戦慄が走り、騒然とどよめいた。女房たちが悲鳴をあげて逃げまどう。

　雑人どもが土御門の姫君の場へ襲いかかろうとしたそのとき、赤樫《あかがし》の六角棒をたずさえた平信盛が疾風のように駆け込んできた。

「不埒《ふらち》な雑人どもめ、狼藉《ろうぜき》は許さぬ」

烈火の剣幕で雷喝《らいかつ》するや、平信盛は六角棒を水車のごとくにぶちまわし、雑人どものなかに躍りこんだ。

平信盛は飛鳥《ひちょう》のようにとびちがい、絶叫し、六角棒を閃光のごとくに打ち振った。雑人どもの棍棒がはね飛ばされ、たちまち五人の者が脳天や肩や脾腹《ひばら》を撃ち据えられて、大地に叩き伏せられた。

信盛の動きは俊敏で、その棒さばきは的確でわずかなむだも誤りもなかった。のこった三人は悲鳴をあげて逃げ散り、倒れ伏している五人は土御門姫の衛士たちによって高手小手《たかてこて》に縛りあげられた。

「お怪我は？」

信盛は大地に片膝をついた。呼吸の乱れはいささかもない。

「みごとぞ」

道長は満足そうにうなずいた。

「お強いこと」

土御門の姫君が信盛にたのもしそうにほほえみかけた。彼女は雑人どもに襲いかかられても、すこしもとり乱さなかった。

「ご褒美をさしあげましょう」

土御門姫は柿の粉にまぶした索餅《さくへい》を五つ六つとりあげて、帖紙《たとうがみ》に包んでさしだした。

「ありがたき倖《しあわ》せに候」

信盛はおしいただいた。なにより、主人道長の前で土御門姫にほめられる働きができたことが嬉しかった。

その光景を堤の尾花の藪の深みからながめている二つの影があった。

一人は商人烏帽子をかぶった猛悪な貌の男で、右眼が縦一文字に斬られていた。凶賊禿鷲《はげわし》である。のこった左眼が憎悪にまみれて凍ったようにひらめいている。この凶悪な男は、指長者邸を襲ったとき、道長に右眼を斬られ、復讐心にこりかたまっているのである。

もう一人は行者拵《こしら》えをした影の薄い死神のような男だった。

八坂の不死人《ふじびと》という京人に怖れられる冷酷非道な賊徒である。

「禿鷲、おれが手を貸してやろうか」

八坂の不死人が泥色の唇を舐めながら、無気味に薄笑った。

「あれなる道長という小冠者《こかんじゃ》は、いささかのぼせあがっておる。おれには、ひとの倖せをねたむ悪癖があってな」

「これで頼む、八坂の不死人」

禿鷲が懐《ふところ》から砂金袋をとりだし、肩をわななかせながら八坂の不死人の手に握らせた。

「なんとしても道長めを地獄の底に突き落としてくれる。おれはかけがえのない右眼をやつに奪われたのだ」

「あの姫も、気にいらぬ。おさまりかえりおって」

八坂の不死人の痩せた面貌に悪意の毒がこもった。

「この八坂の不死人が絶望の淵に沈めてつかわそう。血の涙をながす高貴な姫君をながめると、おれは寿命がのびるのよ」

八坂の不死人が喉の奥でねばりつくような笑い声をたてた。落ちくぼんだ眼窩の底の小さな眼が偏執狂のような光をはらんでいる。

6

東三条の摂政兼家邸の二万坪の敷地にはおびただしい土木人夫や大工、工匠らでごったがえし、新邸宅の建築工事が大車輪《だいしやりん》ですすめられている。すさまじいまでの人海戦術で、工事現場はさながら戦場のようであった。

旧邸のほうも輦溜《くるまだま》りには数十輛の牛車がならび、侍所の武者たちが雑人や小者どもを指揮して、牛車に積んである木箱や布袋を十数もの蔵の中へはこびこんでいる。

木箱は紫摩黄金《しまおうごん》の大判や小判がぎっしり詰まっている。錦袋は砂金でずっしり重い。

蔵には鷹の羽、孔雀の羽、唐産の翡翠、象牙、琥珀、真珠、珊瑚、金剛石といった財宝や高価な品々があふれかえっている。

輦溜りにはいりきれない牛車の群れが東三条邸の門前に数珠《じゆず》つなぎにつながれて順番を待ってるというありさまであった。

「さすがは天下の権力者だ。大官、長者、分限、富商、諸国の豪族や勢力家などからこのように贈答品がぞくぞくと送られてくる。だれもが摂政、関白の地位に昇りたいわけよ」

東三条邸の門前で、玄鬼《げんかい》が漆を刷《は》いだような黒い面貌に皮肉な笑みをにじませた。

修験の拵えではない。

裾の長い黒い道服をまとっている。その無気味な姿は、京の闇の湿潤な襞《ひだ》のかげにひそむ悪霊のように見えた。

玄鬼はゆったりと歩をすすめ、東三条邸の豪壮な矢倉門をくぐった。

それを見とがめた数人の門番が六尺棒をふりかざして、眼をいからせて玄鬼に走り寄ってきた。

「こら、このお屋敷をなんと心得えるか。摂政さまのお屋敷であるぞ。おのれのような乞食陰陽師のくるところではないわ。さっさと去れい！」

門番たちが玄鬼を追い払おうとした。

「ふっふ、門番ずれが」

玄鬼がにぶく笑い、ぎろりと眼を向けた。眼光が、六尺棒をふりあげてせまる門番の眉間《みけん》へ稲妻のように奔《はし》った。刹那、その門番は三尺もふっとんで地面に叩きつけられ、白目を剝いて息絶えた。

他の門番たちは驚愕し、戦慄し、全身を痙攣《けいれん》させて硬直した。

「馬鹿どもめが」

玄鬼はまっ青になって立ちすくんでいる門番たちに嘲笑を浴びせると、そのままずたすたと邸内に入っていった。

陽が西へ大きく傾いている。

秋が深まると、日の暮れるのがおどろくほど早い。

南殿の庭にはもはや、宵闇の気配がたちこめていた。

木槌《きづち》を打つ音や材木を切る音、人足たちのわめき声など新邸工事現場の喧噪が遠くひびいてくる。

関白兼家は南殿の座敷で、微風にゆれる秋桜のひとむらをながめながら、香炉を胸もとに抱いてさまざまなことを黙考していた。

「兼家卿、頭のなかでいかなることをめぐらしておるか」

玄鬼のねばりつくようなだみ声が耳朶《じだ》を打った。

「玄鬼か」

兼家は香炉をかたわらに置いた。剛愎《ごうふく》な男である。酒灼けしたあから顔に不敵なものをしずめている。

「魑魅《すだま》や狐狸《こり》の類《たぐ》いには用がない。去れ」

「ほう」

わずかずつ濃くなっていく宵闇のなかから黒衣の玄鬼が亡霊のように立ちあらわれ、音もなく座敷に入ってきた。

「兼家卿、われが摂政の座に就けたのは、だれのおかげと思うておるのか」

「はて」

兼家は小首をかしげ、老獪《ろうかい》な笑みをふくんだ。

「おもしろきことをいう。玄鬼、まろは今上帝の外祖父じゃ。摂政となり、七歳の幼帝を補佐したてまつるのは当然であろうが」

「ならば、それでよい」

玄鬼が兼家の前であぐらをかいた。古びた銅器のような貌が怒気をはらんだ。

「摂政、わが願いを聞き入れよ。女御怟子を呪詛《じゆそ》にて冥土に送り、その亡霊をもって花山帝を大内裏から連れだしたこの玄鬼の願いじゃ、聞きとどけてもらうぞ」

「なんのことやらわからぬが、まろは寛容につとめておるゆえ、願い事を聞く耳は持っておる。なんなりと申してみよ」

「蘆屋道満《あしやのどうまん》師を陰陽寮の頭《とう》にしていただこう」

「なに」

兼家の眼が強く光《きつ》った。

「蘆屋道満なる者は、村上帝を呪殺《じゆさつ》せんとして、安倍晴明に敗れ、流罪なりて死んだと聞きおよぶ。そのような面妖《めんよう》なものを、朝廷の儀式をつかさどる陰陽寮の頭にするなど、もってのほかじゃ。たわけたことをぬかすでない」

「兼家、われはよほど死にたいとみえるな。摂政の座に昇り、この玄鬼の陰陽の呪術を忘れおったか」

玄鬼の眼に蛍火のような光が宿った。

そのとき、兼家の顔が火にあぶられた白蠟のようにとろけだし、なかから別の顔があらわれた。

知力をたたえた俊英の顔がそこにあった。

「おのれ、なに奴!!」

「陰陽寮の道士、饗庭晴久《あえばのはるひさ》、安倍晴明師の薫陶《くんとう》を受けた者にござる」

饗庭晴久が静かな眼光を向け、玄鬼の双眸からはなたれる妖異な燐光をはじきかえした。

電撃がするどく散った。

五十畳敷きの座敷に見えざる電流のようなものがかけめぐり、座敷全体がはげしく痙攣した。

饗庭晴久と玄鬼は二尺をへだててにらみ合ったまま、塑像《そぞう》のように動かない。

息づまる数瞬がながれた。

「玄鬼、その方、播磨国印南郷《はりまのくにのいんなみごおり》に根をはる蘆屋道満の使い魔であろう。去って道満法師に告げよ、印南郷から邪悪な波動をはなち、地の底、闇の深みより幾多の怨霊《おんりょう》、悪霊、死霊を誘いだそうとも、わが師安倍晴明あるかぎり、朝廷も、この平安京もゆるぎはせぬ」

「ほざくな、饗庭晴久。われの陰陽術など、わが蘆屋の呪術にくらべれば、稚戯《ちぎ》にひとしい」

玄鬼が右手を高くかざし、人差指を立てた。

すると、突如として、秋晴れの夕空が一天にわかに掻き曇った。

暗空に稲妻が奔り、わずかに遅れて、遠雷が鳴った。

工事現場の工匠や工夫、人夫たちは、建設中の新邸の屋根めがけて、鱗光をきらめかせた巨大な青竜が暗空から翔け下ってくるのを見て、地面にひれ伏した。

同時に、凄烈きわまる雷鳴がとどろきわたり、魔火のような火柱が立った。

檜皮《ひわだ》を葺《ふ》いたばかりの屋根が青竜の爪によって引き裂かれ、柱が黒焦げになり、新邸の骨組が崩れ落ちていった。

「見たか、わが呪法を‼」

叫ぶや、玄鬼が漆黒の道服の裾をひるがえして暗空に舞いあがった。

「摂政兼家、よくぞわが蘆屋一族を裏切りおったな。蘆屋道満はわれを敵と定める。われの天下は長くつづかぬ。覚悟しておけ」

敵意にまみれた奇怪な哄笑が虚空いっぱいに割れかえった。

京のひとびとは、虚空ににじむ身の毛もよだつ悪鬼の貌に生きた心地もなく震えあがり、頭をかかえてうずくまった。

饗庭晴久は座敷に端座《たんざ》したまま凝然として動かない。が、その端正な顔には冷や汗がむごたらしくにじみ、喉が畏怖《いふ》するようにあえいだ。

「蘆屋道満のすさまじき呪法を破る霊力《ちから》は、無念だが、わたしにはない。このうえは、安倍晴明師の霊力におすがりいたさねばならぬ。朝廷も、平安京も、安閑としてはおれぬ。蘆屋道満一族に祟られよう」

7

あと二日で師走（十二月）となる。

月はなかったが、黒い天は吹きぬけるように晴れている。

土御門邸はおびただしい篝火に照らされている。篝火は、あるものは高く、あるものは低く、いずれも火を噴いて赤々と燃えていた。

篝は火の粉を散らして地の闇をはらっている。火の明るさのみが、京に巣喰うさまざまな怨霊《おんりょう》から屋敷を守り、人を守る唯一の呪力と考えられていたのである。

土御門姫倫子と権中納言道長との婚儀は、来年、桜の季節ときまっていた。

夜更け。

土御門姫は、南殿の奥まった部屋で休んでいる。南殿は、侍所の武者たちが十数人、弓矢を負い、太刀を帯び、槍や薙刀、鉞などをかざして警戒にあたるというもののしさであった。

土御門邸だけではない。

顕官、長者、富商の屋敷ではいずれも武者を大勢やとい、警戒に余念がなかった。

ここ半月あまり、群盗が京の夜をわがものがおで跳梁し、その被害は甚大であった。

しかも、やり口が残虐をきわめる。

これまでの盗賊はたいていが五、六人、群盗であってもせいぜい十数人で、犯行も、財宝さえ奪えば殺傷はできるだけ避けていたのに、今年に入ってからは、数十人の集団をなして富者の邸宅に魔風のように襲いかかり、容赦なく人を殺すようになった。

まさに残虐きわまりない鬼畜の集団である。

つい五日前にも、烏丸《からすま》の長者の邸宅が群盗に襲われ、長者はもとより、雇い入れた武者と奉公人数十名が虐殺され、女どもは一人のこらず連れ去られるという凶悪事件が起こり、京人を恐怖のどん底へつき落とした。

盗賊団の出没は変幻自在をきわめ、警邏《けいら》のすきをくぐっては凶悪な犯行をくりかえしている。あたかも、魔神のような通力をもって検非違使の手配りの計画をみとおしているかのようであった。

検非違使庁ではこうした治安の悪化を深刻にうけとめ、あらたに源氏や平氏の武者を三百余名雇い入れ、六衛府《ろくえふ》の衛士まで動員し、夜の市街を巡行させ、各所に検非違使詰所を設け、警戒をさらに厳重なものにしている。

京人を震えあがらせる群盗の首領は、

多襄丸《たじようまる》
茨木童子《いばらき》
鬼童丸《きどうまる》
禿鷲
八坂の不死人
袴垂

などと異名をとる者どもであった。

このなかで、袴垂は他の餓欲を猛らせて鬼畜の所業をほしいままにする凶賊と異なり、貧者にほどこしをする義賊として庶民の間で人気が高かった。

土御門邸を赤々と映しだすおびただしい篝火の下の闇に魑魅《すだま》のごとき無気味な影がうずくまっている。篝火がはげしく燃えあがれば燃えあがるほど、縁の下や死角となった暗がりは、黒々とした闇をつくった。

無気味な影は縁の下の闇をつたって南殿の奥にいたり、納戸の床板をはずしてぬっとのびあがった。

頭からすっぽりと漆黒の装束でおおいつつんだ賊は、頭巾から眼だけをのぞかせている。その二つの眼は蛇のように陰惨で、背筋が寒くなるような不吉な気配をはらんでいた。

八坂の不死人であった。この死神のような凶賊は、人が鮮血にまみれて死ぬのを見ると、血のふるえるような快感をおぼえるという変態的欲望の持主なのだった。

世の中に害毒を流し、倖せな者を不幸の泥沼にひきずりこむことを無上の喜びとするあたり、地獄の淵から地上に迷い出てきた悪霊の化身といってよいだろう。

八坂の不死人は納戸を細めにあけると、隙間に口を寄せ、息をふきだした。

磨あげられた幅の広い檜の廊下の両側に、燭台がいくつもかけてあり、その炎が廊下を明るく照らしている。

廊下には女房たちの姿があり、控の間には太刀を帯びた武者が数人、夜通し宿直をしている。

その奥深い廊下を、八坂の不死人の吐きだす息がただよいながれていく。吐息にはえたいのしれぬ瘴気のような毒がこもっているのか、それを吸った女房衆も、武者も、崩れるように横たわり、たちまち寝息をたてはじめた。

「ふっふふ」

八坂の不死人は喉の奥で嘲けるような笑いを洩らすと、廊下に滑りだし、腰をかがめて魔風のように奔った。

土御門姫の寝所のふすまがすっと開く。宿直の女房二人が胎児のように横たわっている。

八坂の不死人は変態的なふくみ笑いを洩らしつつ、御簾《みす》をかいくぐって土御門姫の寝間に忍び込み、そろそろと几帳《きちよう》の内側の夜具へ這い寄っていき、細い眼を悪意にかがやかせて姫君の寝顔をのぞき込んだ。

かぼそいともし灯に照らしだされた彫りの深い姫君の寝顔は、妖異な瘴気にあてられたのか、生気というものがなく、昏々《こんこん》とねむっている。呼吸は短くて、性急で、痛ましいほど切なげであった。

「唐渡来の睡薬、よう効くわ」

八坂の不死人が嗤った。

土御門の姫君の顔は、名工の鑿《のみ》によって刻みだされた菩薩《ぼさつ》の像のように端麗で、高雅な気品をそなえていた。豊かなうねりとなって枕許にわがねられている黒髪の艶やかさは、八入《やしお》に染めた黒い絹糸のようであった。

高熱を発しているのだろうか、土御門姫の顔から霧のような薄い湯気が立ち、その湯気に灯影がにじんで、おぼろな虹になっている。

数瞬、濡れた眼で姫君の寝顔を凝視していた八坂の不死人は、やにわに唐繡《からぬい》の錦布団をまくりあげた。

寝間衣《ねまい》の姫君を担ぎかかえるや、八坂の不死人は死霊のように闇の深みに融けこんでいった。


道長の正親町邸の樫《かし》の門扉にうなりを生じて矢文が突き刺ったのは、夜がしろじろと明けはじめた黎明《れいめい》であった。

家司の鹿島良持がたずさえてきた矢文を寝所で一読した道長は、烈火の気迫で宙をにらみ、奥歯をがっきと嚙んだ。

矢文には『土御門姫の身柄はあずかった。黄金一千斤を積んだ牛車を牛飼二人に引かせ、道長一人で、亥の刻限（午後十時）に泉山《せんざん》の邪霊谷《じゃりょう》へ来たれ。武者どもに合力を頼んだり、約をたがえたりすれば、土御門姫は地獄の餓鬼《がき》どものなぐさみものとなり、狼の餌となる。　　禿鷲』

「なんと卑劣な!!」

道長は血を吐くように叫んだ。全身が瘧《おこり》にかかったように震えだした。

平信盛を土御門邸に走らせると、やはり、大騒ぎであった。

寝所で休んでいた土御門姫が、あたかも神隠しに遭ったように忽然と姿を消してしまったのだという。

南殿の廂の間の前の砂地に片膝をついた平信盛は、階の上にあらわれた左大臣源雅信に顔をあげて言上した。

「早朝、主人権中納言藤原道長の屋敷に矢文が射込まれ候。土御門姫は禿鷲なる凶賊にかどわかされたのでござりまする」

「なんと」

源雅信は絶句し、たちくらみしたようによろめいた。

「御案じなされまするな」

平信盛は眼をきっとさせて声をはげました。

「わが主人道長は、命に代えましても、土御門姫をお救いいたす所存なれば、いささかも心配にはおよびませぬ。安んじて、吉報をお待ちあれとのことでございまする」

8

戌の刻（午後八時）。

東山の阿弥陀ケ峰の台形の岩の上に、純白の浄衣《じょうえ》をまとった安倍晴明が端座し、頭上にひろがる暗蒼《あんそう》の天界にけむったような遠い眼眸《まなざし》を向けていた。

天界は降るような星空であった。その澄みわたった夜空の一角から流星が切り裂くように奔り降りていった。

「ふむ」

水を打ったように静謐《せいひつ》だった安倍晴明の秀麗な顔に歪《ゆが》みのような険しい色が生じた。

安倍晴明は流星の駆け下った方向にするどい視線を振り向けた。

「邪霊谷か」

薄い唇から吐息のようなつぶやきが漏れた。

東山の南に、泉山という雑木におおわれた峻峰がある。

高さはさほどではない。だが、渓《たに》は深く、つねに靄が渦巻いている。

この渓は邪霊谷とよばれ、京人は怖れて近寄らなかった。

渓には鬼気があった。

泉山には、岩間に湧く清水《しみず》をあつめた一条の清流がめぐり、山麓を流れて鴨川に消える。

泉川《いずみ》という。

この泉川には、暗闇《くらやみ》橋という漆塗りの橋がかかっている。だが、暗闇橋をわたる勇気を持つ者はだれもいない。橋を渡れば、冥界《めいかい》に通じる。泉山の中腹には泉涌寺《せんにゆう》があり、そこは歴世《れきせい》天子の墓所なのである。

この時代、邪霊谷には死者を喰《くら》う鬼が出没した。鬼は処女の亡骸《むくろ》を好んだ。処女の亡骸を喰いつくすと、鬼は都へあらわれて辻々に立ち、通りかかった処女をつかまえて喰うという。

いま、藤原道長は山吹の狩衣に襷《たすき》をかけ、紫絹の立烏帽子をかぶったその額に白い鉢巻を巻きしめ、黄金造りの太刀を佩き、弓矢を負い、焚松《たいまつ》をかざし、牛車を引く牛飼二人とともに暗闇橋を渡ろうとしていた。二人の牛飼は平信盛と橘逸人が扮《ふん》していた。

東山阿弥陀ケ峰に座す安倍晴明は、暗闇橋を渡って泉山の邪霊谷へ向かわんとする道長ら三名を透視しているかのようであった。

鬱蒼《うっそう》たる樹林に両側をおおわれた細くけわしい山道は、濃密な闇に塗りこめられている。その深い闇の層には、おびただしい眼が鏤《ちりば》められている。禿鷲の手下どもの眼である。

「恋する道長卿は、悲愴を好まれるか」

安倍晴明は低く独話すると、左手で普賢三昧耶《ふけんざんまいや》の印《いん》を結び、右手の人差指を高々とかざして天界を指した。

数瞬あった。

天空を指した安倍晴明の指の先端から眼も眩むばかりの紫電光がほとばしり、天界の深みへ奔っていった。

刹那、安倍晴明の姿が台形の岩から煙のように消滅した。

ほどなく、晴れわたった夜空に黒雲が叢立《むらた》って颯《さつ》とひろがり、雨がはげしく降りしきりはじめた。


藤原道長と牛飼に身をやつした平信盛、橘逸人の三人は降りしきる雨の中を黙々と邪霊谷に向かっていく。三人のみひらいた眼には必死の色がこもっていた。

雨気の枯葉の匂いがこもっている。

山路に雨音が湧き立つ。

闇は深い。

道長は無言だ。双眼は凍ったような自我のきらめきを発している。無限の怒りと苦悶にみちた眼であった。悲壮なものが胸をぎりぎりと締めつける。土御門姫を救出できなければ、死ぬ覚悟であった。

このときの道長は生死を超越しているといってよい。

風が唸る。

無数の妖と魔が闇の中で跳梁しているかのような金属的音響である。風は邪霊谷から吹きあがってくるのだ。邪霊谷の底では、妖風が渦巻いているにちがいない。

かざした焚松の炎に映しだされた道長の顔が、血を噴くように紅潮している。地獄絵にある亡者のような賊徒にとらわれている土御門姫を思うと、気が狂いそうだった。

やがて、三人は邪霊谷へと降りていった。

谷底の杉の老樹の下で、篝火が地獄火のように赤く燃えている。風に火の粉が散りふぶく。その妖しい風は、蕭殺《しようさつ》たる冷気を帯びている。

道長は歩を止めた。頭の中が凍りつき、膝がしらがはげしくわななきだした。

杉の老樹の枝から寝間衣姿の土御門姫が吊るされていたのである。杉のまわりには、十数人の賊衆が槍の穂先や手鉾《てぼこ》の刃をきらめかせてたむろしていた。

「よくぞ、参った。藤原道長。汝《うぬ》の胆力はさすがなものよ。ほめてつかわすわ」

禿鷲が野太刀をかざして、勝ち誇ったようにいいはなった。

「姫を。土御門姫を杉の木からおろせ‼」

道長が斬りつけるように叫んだ。双眼が炎を照りかえす鏡のようにきらめき、身体の奥底から火のような怒りが噴きあがってくる。

道長は太刀に手をかけながら、一歩ずつ禿鷲とその手下どもに近づいていった。

杉の枝から吊り下げられた土御門姫は、長い豊かな黒髪が垂れ下がって地面に接し、生きているのか、すでに息絶えてしまったか、わからなかった。

篝の火の粉を散らした純白の寝間衣姿で宙吊りにされた土御門姫は、猟師の矢に射られた白鳥のように痛々しかった。

「道長、汝はここでなぶり殺しになるのよ。汝の愛しい姫君も、わしの手下どもに思うざまにさいなまれ、この邪霊谷に棲む狼どもに骨までしゃぶられるのよ」

禿鷲が妄執《もうしゅう》にまみれた笑い声をたてた。

「汝はこの禿鷲の右目を奪った。眼を奪われた者の臓腑《ぞうふ》のよじれるようなくやしさが汝にわかるか。いまこそ、復讐を遂げてくれるわ」

禿鷲は野太刀を大上段にふりかぶると、ずいと進みでた。背後で槍や手鉾をかまえる手下どもの粗野な面貌に、賽《さい》の河原をうろつく餓鬼のような貪婪《どんらん》なぬめりがやどった。

「うっ」

禿鷲の貌にかすかな動揺があらわれた。

道長のうしろの暗闇から、白い人影が朦朧《もうろう》と立ちあらわれてきたのである。

「魑魅《すだま》か」

禿鷲が疑わしげに眉宇《びう》を寄せた。

白の浄衣をまとった安倍晴明は、静かな眼差しを杉の枝から吊るされている土御門姫に向けると、手のひらをひろげ、そこにのっている紙を息でふっと吹いた。

刹那《せつな》、紙がすさまじい勢いで舞いふぶいた。

禿鷲の手下どもが驚愕の叫びをはりあげた。

胡蝶《こちょう》であった。

幾千羽ともしれぬ胡蝶が鱗光を発しつつ、舞い狂い、乱れ散り、邪霊谷を霞のごとく銀の鱗粉でおおいつつんでしまった。

無数の胡蝶の群れはきらめきながら収斂《しゅうれん》し、一陣の旋風となって杉の老樹に吹きかかり、漆黒の虚空に舞いふぶいていった。

「おう」

道長は息をのんだ。

胡蝶の大群は土御門姫を瞬間的に吹きさらい、虚空へ巻きあげたのだった。

おびただしい胡蝶の旋風に巻かれて、空中を舞う土御門姫は純白の寝間衣が揺れなびき、あたかも、羽衣《はごろも》をまとった天女のようであった。

蝶の大群に乗った土御門姫が虚空の深みへ融け去ると同時に、獣の咆哮が邪霊谷にひびきわたった。

邪霊谷をおおいこんでいる闇の中から数十頭の銀狐が猛然と躍りだし、牙を剝き、爪を立てて禿鷲とその手下どもへすさまじい勢いで襲いかかっていった。

禿鷲とその手下どもは異様な展開に動顚し、恐怖し、悲鳴をあげて逃げまどった。

「いまぞ‼」

道長は勇躍凜乎《ゆうやくりんこ》と叫びあげ、黄金造りの太刀をぬきはなった。

「応‼」

牛飼姿の平信盛と橘逸人が隠し持っていた太刀をかざして、銀狐の群れの猛襲に七花《しちか》八裂《はちれつ》する禿鷲一味めがけて斬り込んでいった。

平信盛の武勇はおそるべきものであった。身体のなかから鬼神が爆《はじ》けだしたかのように四尺にあまる剛剣をふりまわした。禿鷲の手下どもが絶叫をほとばしらせてばたばた倒れ伏していく。

平信盛が剛剣をふるうたびに血汐を噴いて首が飛び、腕が飛び、血の霧が乱舞する。

「凶賊禿鷲、覚悟せよ！　権中納言藤原道長、天に代わりて成敗してつかわす」

藤原道長は銀狐に襲われて必死に野太刀をふりまわしている禿鷲にせまるや、渾身《こんしん》の力をこめて太刀を顔面に叩きつけた。

「ぎゃあ‼」

額から顎まで縦一文字に断ち割られた禿鷲は、血煙をたてて仰向けざまに倒れ落ちていった。

血闘《けっとう》は終わった。

不思議なことは、密雲におおわれていた空が一瞬のうちに晴れわたり、透明な星の光がさざめきながら邪霊谷にふりそそいだ。

銀狐の群れが樹海の深みに去り、邪霊谷の地面には禿鷲一味の死体が累々《るいるい》と横たわっている。

「安倍晴明卿」

道長は肩であらく息をつきながら振りかえった。彼の眼に、闇の中へ融けていく安倍晴明の白い姿が朦朧と映った。

道長一行が京にもどったときには、夜が明けていた。

薔薇色の朝焼けのさしている空を背にして、凱旋《がいせん》してきた道長、平信盛、橘逸人の三騎を、土御門家の者どもが総出で出迎えた。

「ご安心くだされ。姫は、寝間で休んでおりまする」

穆子夫人が馬からおりた道長に告げた。

「それにしても、ふしぎなことがあるものでございますわ。深夜、天界から虹の橋がわが屋敷の南庭にかかり、姫が美しい胡蝶の群れと楽しそうに戯れながら降りてきたのでございます。姫が庭に降り立ったとたん、虹の橋も、胡蝶の群れも、幻想だったかのように消えてしまいましたの」

「しかとはわかりませぬが、たぶん、安倍晴明卿の式神でありましょう」

道長は確信ありげにほほえんだ。安倍晴明と霊的な絆《きずな》でむすばれていることを、このとき、道長ははっきりと感じたのだった。

第四章　魑魅の怪異

1

播磨国印南郷《はりまのくにのいんなみごおり》に、みわたすかぎり枯れ蘆《あし》におおわれた湿原があった。枯れた蘆からおそろしく粘液質の、まるで呪詛《じゅそ》の祈禱《きとう》のような啼《な》き声がひびいてくる。

蝦蟆《がま》の啼き声であった。蘆の湿原は数万匹の蝦蟆が棲息しているのである。

印南郷に散在する村々の農夫は、無数の蝦蟆の棲《す》む湿原を、悪霊の棲処《すみか》と信じ、怖《おそ》れて近寄る者は一人もいなかった。

数万匹の蝦蟆の啼き声は、この世に尽きせぬ怨みをいだいて死んだ者の怨嗟《えんさ》にみちたすすり泣きのようにこだまし、聞く者をぞっとさせた。

夜ともなると、蝦蟆の啼き声のひびく暗い蘆の湿原の深みに、いくつか、茫《ぼう》と鬼火が浮かび、血なまぐさい妖気がただようのだった。

蘆の湿原の奥に古ぼけた屋敷があった。

蘆の生い繁る邸内に蝦蟆の啼き声が怨霊《おんりょう》どもの血のうめきのようにおおいかぶさっ

てくる。

妖気はさらに濃い。人魂《ひとだま》が三つ、四つ、橙色《だいだい》の尾を引いて奔《はし》り、舞いあがる。

その光景は総毛立つほど無気味であった。

古屋敷の奥まった一室に、狐火のような灯影がにじんでいる。

妖異な部屋であった。

燭台の炎がゆらめくその部屋は天井も、四周の壁も、総鏡張りだった。

床には血で染めたような深紅の敷物がいちめんに敷きのべてある。

敷物の上に、蝦蟆の主のようなでっぷりした醜怪な人物が仰臥《ぎようが》している。

裸形である。ざらざらした粗い皮膚は疣《いぼ》だらけだった。

その人物に、薄衣《うすぎぬ》をまとった三人の美女がとりすがり、舌と指と股間をつかって淫蕩な奉仕を行っている。

三人の美女と蝦蟆の主のような人物との情交の光景が天井と四周の鏡に映っている。

それは、血の竦《すく》むばかりに淫猥で浅ましい光景であった。

蝦蟆の主のような人物の下肢にまたがっている美女が、白い内腿を震わせ、つきつのる官能の愉悦に翻弄されて身もだえしている。のこる二人の美女も白いなめらかな肌をすり寄せ、その人物の醜怪な皮膚に唇を這わせながら肢体をうねらせて痴《し》れ狂っている。

妖異であった。

蝦蟆のごとき奇怪な面貌《めんぼう》から徐々に皺《しわ》が消えはじめ、でっぷりした軀幹《くかん》にみずみずしい張りがあらわれ、勢力がみなぎっていく。

この人物は美女たちの精気を吸いとっておのれの寿命を保っているのかもしれない。

「道満師」

蝦蟆の啼き声に似た粘液質のだみ声が低くつたわってきた。

「玄鬼《げんかい》か」

蘆屋道満《あしやのどうまん》がかっと炬眼《きよがん》を剝《む》いた。三人の美女はなおも蘆屋道満の軀幹にとりすがって四肢をのたうたせている。

「首尾は？」

「邪魔がはいり申した」

玄鬼の声に呪わしげなくやしさがこもった。

「饗庭晴久《あえばのはるひさ》と申す若輩の陰陽師《おんみようじ》があらわれました。饗庭晴久ごときなにほどのこともありませぬが、彼奴《きやつ》めの背後に、安倍晴明《あべのせいめい》の影を感じ申した」

「安倍晴明」

蘆屋道満の面貌ににがにがしげな憎悪がこもった。

「あの白狐の腹から生まれた獣人め。三十年振りに信太《しのだ》の森から迷い出おったか」

蘆屋道満がぎりりと奥歯を噛みしめた。

「安倍晴明はともかく、兼家めは捨ておけませぬぞ。われら蘆屋一族を虚仮《こけ》にいたした報いをおもいしらせねばなりますまい」

玄鬼のだみ声にはげしい怒りのひびきがこもった。

「うむ」

蘆屋道満の眼がぶきみなぬめりを帯びた。

「兼家一族におぞましき呪いをかけてくれるわ。兼家のせがれども、そのまたせがれどもが、骨肉の争いをつづけ、血みどろになって、のたうち、苦しむようにしむけるのだ」

蘆屋道満の貌《かお》と軀幹を、地獄の業火のような蒼い炎がふちどりはじめた。

「この蘆屋道満を陰陽寮の頭《とう》にせず、おのれだけ摂政《せっしょう》の座についた藤原兼家《ふじわらのかねいえ》、呪って、呪って、呪いぬいてくれようぞ」

蝦蟆の啼き声がかまびすしい。

鏡面の部屋に獣脂を煮詰めたような情交の臭気がこもっていく。

髪をふり乱し、肌をあらわに精をむさぼる三人の美女と、蘆屋道満の媾合《こうごう》の光景を、天井と四周の鏡が映しだす。

あたかも色欲地獄のようなすさまじい光景であった。

2

永延元年（九八七）卯月初旬。

一万数千坪にもおよぶ土御門《つちみかど》邸の桜花が爛漫《らんまん》と咲き誇る朧月夜《おぼろづきよ》の宵、道長《みちなが》は、南殿の奥まった土御門姫倫子《りんこ》の閨房《けいぼう》へしのんでいった。

もとより、あたりをはばかっての夜這いではない。

結婚の儀式である。

王朝時代、共寝の最初は、かならず男が夜、女の寝室にしのんでいく。そして、夜明けに自邸に帰って歌を贈り、女はこれに答える。これを後朝《きぬぎぬ》の歌という。

男女の通いがすなわち結婚なのである。

男は女の許へ三日間通いつづけ、三日目の夜に露顕《ところあらわし》、三日の餅《もちい》の式がおこなわれる。

これが正式の華燭の典であり、披露宴である。

三日という数は、昨日、今日、明日というかぞえられる日数ではなく、無限の時間を象徴する。すなわち、男が女の寝室へしのんでいく三日間は、これまでの生活を清算し、無限の新生活に入る厳粛な儀式なのだった。

露顕、三日の餅は、女の一族が自家の娘に通う男を確認する手続きといってよい。

この儀式によって男は正式に娘の婿として認められ、通う必要はなくなる。

王朝時代は、女は原則として結婚しても家を出ないし、姓も変えない。あくまでも、男は婿なのである。そして、娘の母親が婿に夏冬ごとの夜昼の装束《しょうぞく》ひとそろいを贈るならわしであった。

道長は春らしい五彩の狩衣《かりぎぬ》と薄むらさきの指貫《さしぬき》という装束で、土御門姫の部屋に入った。

部屋には金銀の糸のかがやく絢爛《けんらん》たる衣装をまとった土御門姫が、ま新しい几帳《きちょう》の陰で艶やかな微笑をうかべて待っていた。

部屋の次の間には、四季の花鳥を描いた屏風《びょうぶ》、蒔絵《まきえ》の櫛箱、黒漆に螺鈿《らでん》のきらめく鏡台、朱塗りの髪箱、絹の夜具など、新調された数々の調度が各務野《かがみの》の手によってきちんと整えられている。

禿鷲《はげわし》一味にあれほど酷烈な仕打ちをうけたにもかかわらず、土御門姫は一切おぼえておらず、体調もそこなわなかった。安倍晴明の霊力《ちから》のたまものであろう。

泉山《せんざん》の邪霊谷《じゃりょう》で凶賊禿鷲に挑み、みごとに成敗した道長、平信盛《たいらののぶもり》、橘逸人《たちばなのはやんど》の武名は大いにあがり、京のひとびとの口の端にのぼった。検非違使《けびいし》三十余名は、道長らが禿鷲一党を成敗した翌朝、泉山邪霊谷へ出張り、禿鷲一党の首を刎《は》ね、それを三条の獄門に梟首《きょうしゅ》した。

道長の父摂政兼家が鼻を高くしたのはいうまでもない。なにしろ、末の子で可愛がって育てた道長が、あろうことかいまをときめく武勇の人となったのである。

「武門の棟梁《とうりょう》などと称して京の町を肩で風をきって歩きおる源満仲《みなもとのみつなか》、頼光《よりみつ》父子も、これでは形なしであろう」

兼家は腹をゆすって高笑いしたという。

やがて、土御門姫は女房の各務野に手をとられ、隣りの寝間に入り、白い小袖の夜着に着替えて道長を待った。

ほどなく、白い小袖姿の道長が寝間にあらわれた。

燈台の炎が黄ばんだ光を部屋にただよわせている。

卯月もまだ早く、京の夜は肌寒い。とりわけ、この夜は皮膚がぬれてくるような冷気があり、道長と土御門姫の吐息が白く凍った。

二人は微笑し合ったまま、しばらく向かい合っていた。

道長は心があたたかくて、ゆたかで、みち足りた気持だった。

突如、土御門姫の頬から微笑が消え、道長を見る瞳がつよくきらきらと異常に燃えはじめた。

「抱いてくださいまし」

土御門姫が道長にからだをあずけた。肩がこまかく震えている。

「お慕い申しあげておりました。この夜のくるのを指折りかぞえておりました」

わが身を頼らせる人は天涯《てんがい》にこの人しかいないという土御門姫の感情が、せきあげるように高まっていく。

吐息が熱く、はげしい。

道長は灼けつくような慕情を土御門姫におぼえた。魂のわななくような愛慕は血の匂いのする欲情をともなっていた。

土御門姫は首筋がほそくしなやかで、青く血すじが透けてみえるほど肌が薄かったが、夜具のなかで触れてみると、道長の手のひらにほのかに脂《あぶら》がしみてゆくようなぬめりがあった。胸は李《すもも》のようにみずみずしく、腰に高い張りがあった。

道長はいとおしさで狂いそうだったが、挙動はそうではない。土御門姫のなかで自分自身が存在しきったと思った瞬間、なんともいえない優越感をおぼえた。

土御門姫は痛さと甘さをともなった激しい感覚のなかで、甘いうめきを洩らし、肢体を大きくうねらせた。やがて、地の底から噴《ふ》きあがるような感覚が爆《はじ》けて、かけらものこさずに砕け散った。

三日後の宵、土御門邸で露顕が華やかにとりおこなわれた。

朝廷の首班である摂政兼家、一条《いちじょう》帝の生母詮子《せんこ》を迎えての結婚披露宴である。

この席で、道長は舅の左大臣源雅信《まさのぶ》から土御門邸を譲られた。

南殿の庭には、土御門家、正親町《おおぎまち》家の家司《かし》、侍、数十人が正装で堵列《とれつ》している。そのなかにいる平信盛は、みるからに誇らしげであった。

十数の篝火《かがりび》が、咲き誇る桜花を闇から幻想的に浮きあがらせていた。

そのにぎにぎしい華燭の典を、奥まった木立の陰からながめている人物があった。

安倍晴明である。雌の銀狐をつれている。

「サキ、妬くでない。道長卿には土御門姫が必要なのだ」

安倍晴明はなぐさめるように銀狐に語りかけた。

「されど、サキの想いはかならずかなえられる。しばらくの辛抱ぞ」

安倍晴明は銀狐の前にしゃがみこむと、柔和なおももちで謎めいた言葉をかけ、ふさふさした背中の銀毛をいたわるように撫でた。

3

一条京極《きょうごく》の鴨川のわきに、さして広くない寝殿造りの屋敷があった。

中級貴族、藤原為時《ためとき》の屋敷である。

為時は播磨国の介《すけ》(地方官)から朝廷の官僚にもどり、式部《しきぶ》省の大丞《だいじょう》という役職についている。

この為時の末娘は蘇芳《すおう》という。だが、からだが華奢《きやしや》で、全体に小づくりなため、父親の為時も、家の者も小子姫《ちいさこ》と愛称でよんでいる。

八歳になる小子姫は、瞳のくりっとした利発《りはつ》な少女で、だれからも可愛がられた。

あるとき、所用があって為時の一条京極邸を訪れた藤原道長は、庭で鞠あそびをしていた小子姫に眼をほそめ、手招きして呼びよせ、小さなからだを担ぎあげて可愛いくてたまらないというように眼もとをなごませた。

「為時どのはよき姫をお持ちで、なりよりだ。うらやましいかぎりでござる。まろも、なんとか姫を授かりたいとおもっております」

道長は小子姫を抱きながらそういったものである。

春も闌《た》けた宵のことであった。

為時邸の南殿の底に深い霧がたちこめていた。三間とはなれると朦朧《もうろう》とかすんでしまう濃い霧である。

姿は見えないが、空には十三夜の月が懸っているはずだった。

小子姫は南殿の簀子《すのこ》（縁側）に出て、庭いっぱいに融けている明るくて、おぼろで、乳色の世界に瞳を凝らしていた。表情の変化のはげしい瞳は感受性がつよく、想像力に富んでいた。

「小子姫さま」

遠くでお付きの女房萩乃《はぎの》の声がした。

「なあに？　萩乃」

小子姫は答えると、はずんだ声をはりあげた。

「ここに来てごらん。霧がとっても面白いの」

萩乃が小走りにちかよってきた。

「ほんとに深い霧でございますこと」

萩乃が怯《おび》えるように眉をひそめた。平安京のひとびとは、霧の夜をひどく怖れた。霧の夜は怨霊《おんりょう》の世界で、盗賊や人攫《ひとさら》いも横行する。物騒きわまりない夜なのだ。

「ねえ、萩乃、おもしろいでしょ。霧って、長くのびたり、舞いあがったり、奔ったり、まるで生きているみたい」

小子姫は両手を頬に当てがって、精いっぱい瞳をみひらいた。

「姫さま、こんなところにいつまでもいらしてはいけません。お風邪《かぜ》を召したらなんとなさります」

萩乃がつよい調子でいった。萩乃自身が恐くてしかたがないのだった。こうして夜霧をながめているだけで、背筋がうそ寒くなってくる。

「このような夜は、魑魅《すだま》や物怪《もののけ》が飛びまわって、人に災事《さいじ》をいたすのです。それに、鬼のような人攫いも出ます。つい四日前、下長者町《しもちょうじゃ》のさるお屋敷の姫君が、お庭で歩んでいるうちに神隠しに遭ってしまったといいます。それは神隠しではなく、お屋敷に忍びこんだ人攫いが姫君をかどわしたのでございます」

萩乃が怖ろしげに肩を震わした。

事実であった。人攫いは公卿《くげ》や富家の屋敷に忍びこみ、姫をひきさらってゆくのである。

高貴な血統《ちすじ》の姫君であればあるほど、人買いに高く売れるのだ。人買いは、人攫いから買った姫を東国へ連れていき、地方の豪族や勢力家に莫大な値《あたい》で売るのだった。

「小子は魑魅なんて、ちっともおそろしくないもの。霧ってほんとに面白いの。どうして霧がけむるのかしら。どこからやってくるのかしら、ねえ、萩乃、庭へおりましょうよ」

「いけません。とんでもないことです」

萩乃が唇をふるわした。

「庭くらいおりたっていいじゃない。小子、霧と遊びたいの」

小子姫が止めようとする萩乃の手をふりはらって庭におりようとしたとき、霧のなかから黒装束をまとった賊が鼬《いたち》のように走り出てきて萩乃にせまり、うむをいわさず当ておとし、唖然《あぜん》とする小子姫の口をおさえてかかえあげた。

賊は小子姫をさらうと、すばやく庭にたちこめる霧の深みに姿を隠した。

八坂の不死人《ふじびと》の配下の猫又《ねこまた》というかどわかしを得意とする賊であった。

猫又は為時邸の小子姫の評判を聞き、数日前から一条京極の屋敷のまわりをうろついて、小子姫を攫う機会をうかがっていたのだった。

猫又は小子姫をかかえて築垣《ついじ》を乗り越え、人気のない路地へ小動物のように滑りこんだ。そのまま、濃い霧にまぎれて鴨川堤にぬけてひた走る。

(うまくいきやがったぜ。首尾は上々だ)

猫又がいやしげな薄笑いを口のはしににじませた。

そのとき、堤に生い繁る尾花《おばな》のなかから銀狐が躍りだし、ぎょっとして立ちすくむ猫又の利き腕に咬みついた。

「ぎゃあ!!」

猫又は悲鳴をあげてかかえていた小子姫をほうりだした。小子姫は堤の斜面を転がり落ちていった。あまりのことに気をうしなっている。

鴨川の河原へ投げだされた小子姫を両手で抱きあげた人物がいた。

藤むらさきの狩衣をまとったその人物は、安倍晴明であった。

安倍晴明は腕のなかでぐったりしている小子姫を優しくながめた。彫り深い端麗《たんれい》な顔には、なぜか謎めいた微笑がただよっている。

「貴様、わしの獲物を横どりする気か」

利き腕から血をしたたらせながら、息をきらして堤をかけおりてきた猫又は、腰の野太刀をひきぬき、猛悪な形相で安倍晴明にせまった。

鴨の川原は乳色の霧がたちこめている。中天近くに朧《おぼろ》な半月が懸り、その淡い月光が霧のなかに小子姫を抱きかかえてたたずむ安倍晴明を神秘的に映しだした。

「くらえ‼」

猫又が両手でふりかぶった野太刀を安倍晴明の脳天めがけて打ちおろそうとした瞬間、陰陽師の双眼から電撃のような閃光《せんこう》がほとばしり、猫又の眉間《みけん》に突き刺さった。

猫又は十尺あまりも跳ねとび、もんどり打って河原にたたきつけられた。雷《いかずち》に撃たれたような衝撃に、猫又はあっけなく失神してしまった。

「大いなる民族魂《みんぞくこん》の担い手であるか」

安倍晴明は静かにつぶやくと、すずやかな目許《めもと》をなごませながら、小子姫を抱いて霧の深みへ融けこんでいった。

藤原時為邸は大さわぎになった。

時為は動顚し、狂犬のようにわめきながら屋敷のなかをかけまわった。

播磨国の地方官時代に妻をうしなった為時は、末娘の小子姫をそれこそ舐《な》めるように可愛がって育てたのだった。

八歳の小子姫は七つになるとめきめきと非凡さをあらわしはじめた。

為時の家は学問の血統である。為時は七つになった小子姫に『蒙求《もうぎゅう》』『千字文《せんじもん》』など子供向きの入門書の読み書きを教えだしたのだが、おぼえがすこぶる良いのである。

天才か、と、為時は昂奮を禁じられなかった。とにかく、抜群の暗記力であった。小子姫は水を吸いこむ砂地さながらの小気味よさで片はしからおぼえてしまうのだ。『蒙求』は唐の李瀚《りかん》があらわした史書で、歴史上の人物の言行を四字句の韻語で記載したものである。史書や経書を学ぶにあたって、そこに出てくる故実を知る上で不可欠な必要書であった。

それを七つの小子姫がたちどころに暗誦し、解釈するのだから、父親の為時の血が高ぶるのもうなずけるというものである。

奈良時代や平安京の王朝時代にあっては、人間の子供が異様な利発さをもつばあい、ひとびとは、そこに神に近いものを感じた。とくに、学問の家である為時家ではその習慣がほとんど信仰にちかく、秀才信仰の伝統があった。

その宝物のような小子姫がこともあろうに、賊に攫われてしまったのである。

為時が発狂したようにとり乱すのも無理はなかった。

小子姫が屋敷から消えて二日たった宵、立派な牛輦《うしぐるま》が為時邸の門の前で停まった。輦のなかから降りてきた綾文《りょうもん》の直衣《のうし》をまとった人物は、藤原道長であった。直衣姿が土御門邸から出向いてきたことを物語っている。

「為時卿」

道長は微笑を浮かべながら為時に語りかけた。

「ご案じなされるな。小子姫はさる御方がおあずかりいたしておる」

「さる御方とは」

「魑のような賊にかどわかされた小子姫を、その御方が、賊から奪いかえしたのでござるよ」

道長は為時に語りだした。

今朝も夜の明けはじめた暁闇《ぎょうあん》、道長はなにかに揺り起こされたかのように眼をさました。

隣りで土御門姫が安らかに寝息をたてている。

道長は夜具からぬけだし、南殿の渡殿《わたどの》の蔀《しとみ》（雨戸）を開けると、そこにそえてある庭草履《にわぞうり》をはいて、庭に出た。

広大な南庭に薄く朝霧がたちこめている。夜の虚無《きょむ》に幕のような紫の暁闇が幾条《いくじょう》かただよっていた。ややあって、あおじろい黎明《れいめい》の光が東天に生じはじめた。

道長は清涼な早朝の大気を大きく肺に充たすと、さわやかな気分になってなにげなく奥の木立にむかって歩きだした。静寂《しじま》をやぶって、遠く一番鶏の啼き声が長く尾を引いてひびいてきた。

「ふむ」

道長はふと歩を止めた。

二寸ばかりの赤い前垂《まえだ》れをつけたおかっぱ髪の姫人形が、木立のなかから薄霧にまかれるように舞いながれてきたのだった。

姫人形が道長の肩にふわりとのった。睫毛の長い瞳が生きているかのようにきらきら光っている。

「わたしは安倍晴明さまの式神《しきがみ》です」

姫人形が張りのある声を告げた。

「晴明さまは一条京極の為時どのの小子姫を賊の手からとりもどしました。されど、ゆえあって一条京極邸に小子姫をもどさず、しばらくお手許《てもと》におくそうにございます。晴明さまのことは、為時どのには伏せておいてくださいませ」

「どうして晴明どのは、小子姫をお手許にお置きになるのか」

「小子姫が〝大いなる民族魂〟の担い手であるからにございますわ」

二寸ほどの姫人形は小くびをかしげてにっこりすると、道長の肩からすっとはなれ、薄暗い木立のなかへ消えていったのである。

道長はしかし、そのことは話さず、当惑する為時をはげました。

「小子姫をおあずかりなさる御方は、まろが尊敬し、全面的に信頼している人物でござるゆえ、ご心配にはおよばぬ。そのうち、元気でお屋敷にもどられよう。この道長の言葉をお信じなされ」

小子姫は安倍晴明とともに、東山の阿弥陀《あみだ》ケ峰の台形の岩の上に座していた。彼女は晴明をまったくこわがらないばかりか、師を仰ぎ見るような畏敬《いけい》の眼差しを向けたのだった。

小子姫は阿弥陀ケ峰の庵《いおり》で安倍晴明と暮しはじめた。晴明にしたがっている数十頭の銀狐ともたちまち仲良しになった。食べものは銀狐たちがどこからか運んできてくれた。

阿弥陀ケ峰の庵での暮らしは、小子姫のなかに微睡《まどろ》んでいる夢想を大いに育てた。人里はなれた阿弥陀ケ峰は、小子姫の夢想を育てるためには、とびきり上質の刺激に富んだ環境であった。

阿弥陀ケ峰には生命《いのち》が横溢《おういつ》していた。

小子姫は自然界に満ちている命のいとなみに眼をみはり、耳をそばだてた。花、けもの、鳥のさえずり、雲や風や雨、木々のざわめきなどが秘密の言葉でさりげなく小子姫の感情要素に語りかけてきた。

小子姫はそうした自然界に宿る無限の精霊《せいれい》たちのひびき、音、リズムを感取《かんしゅ》し、知覚した。彼女の心情と感受性は自然力の体験を通して豊かに育成されていった。それも、おどろくほどの短期間のうちにであった。

小子姫は晴明の語る諸霊や魍魅や式神、怨霊や邪霊や死霊などの物語に心をおどらせ、胸をときめかせながら、日々を送ったのだった。

4

その夜。

摂政兼家の東三条《ひがしさんじょう》の新邸の落成を祝う宴が東三条邸の新邸で盛大に催されていた。大臣、大納言、中納言、参議《さんぎ》といった廟堂《びょうどう》の幹部とその子息の公達《きんだち》はもとより、各省庁、寮の長官や頭までが一堂に会した。八歳の一条帝を膝にのせた摂政兼家は、権力を一手に握り、まさに日の出の勢いであり、その権勢はこゆるぎもしなかった。

兼家の隣りには皇太后詮子《こうたいごう》が座し、嫣然《えんぜん》たる微笑をうかべている。彼女は一条帝の母として、兼家さえもたじろくほどの権勢を誇っていた。

紫の幔幕《まんまく》が張りめぐらされ、いくつもの篝火が夜空を赤々と焦がし、色あざやかな狩衣をまとった平安朝の貴公子たちが居並ぶなか、奏楽のひびきとともに盛宴《せいえん》の帳《とばり》は開かれた。

酒泉を汲みあう貴族たちの朱盃に、薫々《くんくん》の夜香《やこう》が幔幕内の歓語笑声《かんごしようせい》をつらぬいて、やがて、座上は杯盤狼藉《はいばんろうぜき》となり、酔客たちが盃を挙げてわれもわれもと歌舞しはじめた。

「摂政卿」

小腰をかがめて兼家にすり寄ってきた下ぶくれの人物があった。

大納言顕光《あきてる》である。兼家を目の仇《かね》にした関白兼通《かねみち》の長男で、兼家には甥にあたる。眉を剃って天上眉を置き、歯を鉄漿《かね》で染め、薄化粧したこの人物は、名代の艶福家《えんぷくか》であった。いや、漁色家《ぎよしよくか》とよんだほうが適切であろう。

貴族の姫君ばかりでなく、市塵《しじん》にまみれて暮している階級の者の娘であっても、美貌であれば通っていく。顕光の妻のなかには雑仕女《ぞうしめ》という最下級の女官までいた。妾にいたっては、わけもわからぬ素姓の女も大勢いた。

それだけ女をかかえるのだから、ありあまるほどの財力があるのだろう。

「わが領地の泉州堺《せんしゆうさかい》に、唐の歌舞姫《かぶひめ》がきておりましてな。都の姫あそびとはいささか異なる趣きがございまするぞ」

顕光が扇を口もとに当てがってささやき、好色そうな笑みを眼のふちににじませた。

「なに唐の歌舞姫とな」

兼家は興味をそそられた。こちらのほうも顕光に負けずおとらず色ごのみで、ひまさえあれば博奕《ばくち》と色ごとの話をしている。

ちなみに、王朝時代は、上は庶民の眼のとどかぬ雲上人《うんじようびと》から、下々の雑人《ぞうにん》、田夫《でんぶ》にいたるまで、博奕に眼を血走らせていた。銭打《がにうち》から賽《さい》ころ賭博、闘鶏、双六、角力《すもう》までもが賭けの対象になった。

貴族の囲碁や双六も、もちろん賭けている。黄金、馬はもとより、自分の妻妾や領地さえも賭ける。

当時の貴族や長者、富者の賭博はそれほどすさまじく、だからこそ身体中の血が沸騰するばかりに熱狂するのであろう。

「唐に蘇州《そしゆう》という都市《まち》がございましてな。わが平安京の十倍はあろうかという壮大な規模にございまするぞ」

顕光が秘密めかすように、しめりけをおびた声をひそめた。

「上ニ天堂アリ、下ニ蘇州アリとあちらでは申すそうにございます」

天堂とは仏教でいう極楽世界のことである。地上の蘇州はそれに匹敵するという。

蘇州という大商業都市の富とにぎわいと都市民、市民生活の愉しさ豊かさは、大唐帝国のなかでも特異なものだった。まず、長江《ちようこう》下流の一大穀倉地帯にあるために飢えるということがない。

いま、唐が倒れて五代十国時代に突入した中国大陸では、中原《ちゅうげん》といわれる黄河《こうが》流域の雑穀地帯が飢え、反乱が相次いでいるが、水の多い蘇州地方は米作地帯で、まずまず安定している。

「兼家卿、蘇州はひとも、楼閣も、草木も、ことごとく花だと申しますぞ」

顕光が唇を舐めながらねっとりといった。

蘇州の東郊に太湖《たいこ》があり、運河が広大な市街を網の目のように縫っている。赤土色の瓦、白い壁、街路の石畳の上は商人であふれ、荷は運河を走る無数の舟でどこからでもはこばれる。

「蘇州の北郊に教坊《きようぼう》と申すものがございましてな。教坊というても、抹香《まつこう》くさき坊主どもの窟《くつ》ではございませぬぞ。わが国の言葉で申すと色里にござる」

「なんじゃ、色里か」

兼家が興醒めしたように顔をしかめた。当時の平安貴族は江口《えぐち》以外、色里などという下賤な場所へは身をはこばなかったのである。

「いえいえ、色里と申しても、馬鹿にはできませぬぞ」

顕光が真顔で首を振りうごかした。

「唐の歴代皇帝も、長安《ちようあん》の章台《しようだい》、蘇州の教坊などの傾城街《けいせいがい》にしばしば足をはこばれ申した。章台、教坊の遊妓は天女とみまがうばかりの艶麗さにござりまする」

「さようかの」

　兼家は気のないそぶりで酒盃を口にはこんだ。

「四条高倉や西市の裏の下賤な遊女とは雲泥《うんでい》の差にござりまする」

　顕光は語気をつよめた。

「この平安京《みやこ》に人攫いが跳梁《ちょうりょう》するごとくに、唐にも人攫いが跋扈《ばっこ》いたし、顕官《けいかん》や貴族、富者の令嬢をかどわかすのであります」

「ふむ」

「人攫いは人買いにさらった令嬢を売りとばし、人買いは蘇州の教坊の妓楼に令嬢を法外の高値で引きとらせるのでござりまする」

「では、枕の塵《ちり》を払う遊女は、粗《あら》い皮膚に籾《もみ》のにおいが染みこんだ下層の民の娘ではないのだな」

「いかにも」

　顕光が意味ありげな眼つきでうなずいた。

「蘇州の青楼《せいろう》には仮母《かぼ》（女将《おかみ》）がおります。その仮母が、何十斤もの黄金を積んで人買いから買った美少女をみがきにみがき、金に糸目をつけずに遊芸を身につけさせ、詩文や書画なども学ばせまする。四条高倉の色里など蘇州の竜宮のような妓楼街にくらべれば、乞食小屋のようなものであります」

「なるほど」

兼家の眼がにぶいぬめりをおびた。心をうごかされたのかもしれない。

「蘇州の楼には貴顕紳商《きけんしんしょう》が登りまする。けっしていやしい売色窟ではございませぬぞ」

「だが、泉州堺は、ちと遠い、臆劫《おっくう》だわ」

「いえいえ、摂政卿がわざわざ堺までお身体をおはこびになることはございませぬ。この顕光がさる没落貴族の屋敷を買いとり、蘇州の妓楼風に改築いたし、唐の歌舞姫を住まわせましてございます」

顕光がそそのかすように眼くばせした。

「そこまでやるか。顕光、そなたも好きだの」

兼家がのどの奥で小さく笑った。

「おはこびなさいまするか」

顕光が咳込《せきこ》むようにいった。

「唐の美妓と一夜をすごすのも一興というものじゃ。退屈しのぎにはちょうどよい。顕光、玄宗《げんそう》皇帝の恋狂うた楊貴妃《ようきひ》のような唐姫《からひめ》を期待いたしておるぞ」

兼家が喉をひきつらせて哄笑した。

その頃、道長の土御門邸では、南殿の一室を占領して、橘逸人が風の法師、平信盛と酒盃を傾けていた。主人の道長は当然ながら、東三条の兼家邸に招かれて屋敷を留守にしている。

平信盛は道長を東三条邸まで送り、いそぎ土御門邸にひきかえしてきたのだった。

道長は東三条邸に泊るとのことである。姉の詮子との久し振りの語らいを楽しみにしている様子であった。道長は皇太后となった詮子と幼少の頃からすこぶる仲がよく、いまでも詮子は陰で道長の力になっているのだ。

「信盛、お主は侍所《さむらいどころ》の別当（長官）になるそうだな」

橘逸人が水を向けた。

「ありがたきことにございます」

平信盛が深々と頭を下げた。

「邪霊谷の働きぶりはみごとであった。侍所の別当は当然というものだ」

橘逸人が肩をいからせてうなずいた。逸人は祖の逸勢《はやなり》に似て倨傲《きよごう》な男で、だれにでも偉そうにふるまう。が、邪霊谷の一件いらい、信盛には友情をおぼえているようであった。

「平信盛、たいしたものよ。京の市民《まちびと》たちは、当代一の剛の者と口をきわめて称賛しておるわい。道長卿も、そなたのような武勇ある者を家来に持ちて、大いに誇らしきことであろうぞ」

風の法師が仔山羊《こやぎ》のような眼をほそめて愉快げな笑い声をたてた。

「おれがことは、いかなる風評ぞ」

橘逸人が風の法師に首をつきだした。

「おまえさんのことは、だれの口の端《は》にものぼらぬわい。すなわち、勘定に入っておらぬのよ」

「なにをぬかすか、この乞食法師。おれはこの信盛同様、禿鷲一党と刃《やいば》を交え、勇猛果敢に闘ったわ」

橘逸人がぐいと胸を反らした。

「おまえさんは、平素の行いが悪いからの。いばりくさっておるゆえ、どれだけ働いても人気があがらぬのよ。身からでた錆《さび》のようなものじゃて」

風の法師が小馬鹿にするようなおもつきで、盃の酒をぐびりと飲んだ。

「それがし、折を見て郷里の伊勢国《いせのくに》、度会郷《わたらいごおり》に参るつもりにございまする」

「ほう、里帰りか。なにゆえじゃな」

「道長卿が侍所を一掃すると申しまして、わが郷里から腕の立つ武士を連れてまいることになりました」

「それは重畳《ちょうじょう》。いうては悪いが、道長卿の侍所の者どもは無頼漢とさして変わらぬからの。土御門邸に移った潮《しお》に総入れ替《か》えするのは、よきことじゃ。道長卿は、いずれ朝廷を背負うて立つ逸材《いつざい》じゃ。信盛、そなたが検非違使の別当（長官）に昇るのも、夢ではないぞよ」

「とてもとても」

信盛は手をよこに振って、謙遜した。検非違使の長官は平安京の警視総監で、これに昇ることができれば武士として最高の出世である。

もとより、信盛は土御門家のただの使用人であり、なんの官職もない白身《はくしん》であった。信盛が道長邸の侍所に勤めたのは、そこで忠勤をはげみ、道長のおぼえめでたくなり、なんとか官位を受けようとしているのだ。

地方の掾《じょう》とか介は、朝廷においては鼻糞ほどもない微官だが、地方へもどり、領主なかまの寄合のときなど、上座にすわって尊大にふるまうことができる。朝廷の権威は、地方の卑官であっても、しっかりと官位に反映しているのである。

だが、信盛は官位があまりほしくなくなった。地方官の官位などあまり価値がないと思うようになったのである。

それよりも、道長の護衛として、めざましい活躍をすれば、邪霊谷のことでもわかるように世間が認めてくれる。そのほうが、微官などよりはるかに価値が高い。

「信盛の働きで、伊勢平氏の武名がぐんと上がった。源満仲、頼光もうかうかしてはおられぬぞ」

風の法師が子供のようにはしゃいだ。無邪気な老人である。

信盛はほほえましかった。

「ところで風の法師、大納言の顕光卿がなにやら策動しておるようだぞ」

橘逸人が眉のあたりをけわしくした。

「顕光卿が飼うておる侍どもが足繁く播磨国に通っているそうだ」

「播磨国とな」

風の法師の飄逸《ひょういつ》とした顔が危惧《きぐ》するように曇った。

「播磨国になにがあるのでございますか」

平信盛がいぶかるように訊いた。

「悪《あ》しき雲があるのよ。播磨国の印南郷は邪気《じゃき》の巣窟じゃからな」

風の法師がむずかしげなおももちで腕を組んだ。

「邪気の巣窟ですと？」

「印南郷には蘆の生い繁る広大な沼地があり、そこには、百数十年も生きながらえた蝦蟆の親玉が棲んでおるのよ。その蝦蟆の親玉は途方もない邪力をそなえておるのじゃ。平安京に禍《わざわ》いをもたらす邪力をな」

風の法師の唇から深刻そうな吐息が漏れた。

「大納言顕光、中納言朝光《あさてる》兄弟は、前関白兼通卿の子息じゃ。兼通卿と現摂政の弟兼家卿の確執のすさまじさは、いまも語り草になっておる。兼通卿は兼家卿を憎んで、憎んで、憎みぬいて死んだのじゃ」

「父親と兼家卿の権力をめぐる暗闘をせがれの顕光、朝光が知らぬはずはない。顕光、朝光の兄弟は、廟堂の大権力者摂政兼家にふくむところがあろう。顔や態度にはおくびにもださず、従順をよそおい、媚《こ》びへつらっているがな」

橘逸人は明石《あかし》の蛸《たこ》のゆでた足を口にほうりこみ、むしゃむしゃと食った。

「大納言顕光卿は、音に聞こえた艶福家だそうにございますな。うわさによると、通っていく夫人だけで五十余人におよび、愛妾にいたっては星の数ほどもいると申しますぞ」

平信盛がいった。

「それだけ顕光には勢力があるということだ」

橘逸人がするどい視線を信盛に射込んだ。

「よいか、信盛。顕光を漁色家、多淫、荒淫の人と額面どおりに受けとってはならぬぞ。たしかに多淫、荒淫ではあるが、五十余人の妻を持つということは、平安貴族五十余家と姻戚関係を結ぶわけだ。すなわち、顕光は五十余家の有力貴族をおのれの勢力圏にとりこんでいるのだ」

橘逸人は盃の酒をぐびぐびと干した。

「摂政兼家卿が目ざわりな兄兼通の子、顕光、朝光兄弟を、罪をつくって廟堂から追放いたさぬのは、顕光、朝光の勢力が京の貴族のなかに強く根を張り、あなどれぬものがあるからにほかならぬ。藤原顕光、朝光兄弟は、そのようにしぶとく、したたかで、一筋縄ではいかぬのよ」

橘逸人の癖のある眼がつよく光った。

「そのうちきっとなにかが起こる。印南郷の百数十年の甲羅を経た蝦蟆の一族がこの平安京に禍いをもたらそうぞ」

5

東三条の新邸落成の宴から五日経った宵、豪奢な牛輦が大鉞《おおまさかり》をたずさえた坂田公時《さかたのきんとき》を指揮官とする三十余名の源氏武者をしたがえて、勘解由《かげゆ》小路《こうじ》を小一条院のほうへ向かっていく。

牛輦には大納言顕光と摂政兼家が乗っている。まわりをかためる源氏武者たちの眼光はするどい。なにしろ、権勢すさまじい摂政兼家のお忍び外出の警護をうけたまわったのである。源満仲、頼光にとっては、この上なく名誉なことであり、それだけにささいな粗相もゆるされない。

源氏武者を束ねる坂田公時は、金太郎といった小童《こわつぱ》のころ足柄《あしがら》山で育った野性児で、渡辺綱《わたなべのつな》と並ぶ剛の者である。

宵闇がただよいはじめた頃、雨がふりはじめた。

水無月（六月）は梅雨の季節で、今年の平安京はとくに雨が多い。勘解由小路には人気がなく、ふりしきる雨に宵闇が白く感じられる。警護の武者どもはすばやく蓑笠《みのがさ》をつけた。

牛輦はぬかるみに車輪をとられ、ぎしぎしときしみながら進んでいく。簾《れん》を垂した輦の中では、兼家が顕光と色ごとの話をしながら酒盃を重ねていた。

辻が風の道にあたっているのか、前方の雨の脚が曖昧《あいまい》にけむりだし、妖異な黴気《あいき》となって見通しを冥《くら》くした。

ふと、坂田公時はえたいのしれない痺《しび》れを脳天におぼえ、眉をひそめた。糸のようにほそいものが脳天から身体の芯《しん》へ注ぎ込まれ、頭が朦朧とぼやけはじめたのである。

「面妖《めんよう》な!!」

坂田公時は大鉞をにぎり直すと、黴気のよどむあたりをきっと見まわした。

まわりの武者どもの動きが緩慢になり、一人、二人と脚が萎《な》え、腑抜けたようによろめき倒れていく。

「者ども、魑魅《すだま》ぞ。油断いたすな」

坂田公時が叫びあげた。が、身体の芯が痺れ、頭の中が急激に冥くなっていく。たちまち、なにもわからなくなり、坂田公時は大鉞をほうりだしてぬかるんだ道に崩れ落ちた。

牛輦が停まった。

六人の牛飼も、三十余名の警護の源氏武者も、勘解由小路のぬかるみに横たわり、昏睡状態に陥っている。不透明な靉気に人の神経を麻痺させる瘴気のようなものが融けているのだろうか。

やがて、朦朧たる靉気が、掃きよせられるように端のほうから薄くなりはじめ、水墨でぼかし描きしたように、御殿の輪郭が立ちあらわれてきた。

(摂政兼家卿、ようこそ、当楼へおいでくだされもうしたな)

霊妙な声が微妙な震えをおびながら、幻聴のように兼家の鼓膜の奥深い部分につたわってきた。

兼家はふしぎな心の痺れをおぼえながら、無意識にすべての神経を聴覚に集中させた。

傍で、酔いどれた顕光が顔を上向けてごうごうと鼾《いびき》をかいている。

簾がひとりでにめくれあがった。

「応‼」

兼家の眼がとびださんばかりにひらかれた。

眼の前に、五彩で塗りあげられ、金箔のきらめく絢爛たる御殿があった。彩雲をほどこした朱門の両脇に、羽衣のような唐の衣装をまとった女人たちがずらりと居並んで、小腰をかがめているではないか。

(さっ、摂政さま、おいでなされませ)

いざなう女の声には、男を煽情してやまない粘膜のしめりがこもっている。

兼家は見えざる糸にたぐり寄せられるように牛輦を降り、極彩色の御殿へ小走りに向かっていった。

その光景を、道の脇へ胎児のようにうずくまっている牛飼が目撃していた。

牛飼は、鬼の棲処であるかのような苔むし、腐りかけた廃屋へ吸いこまれていく摂政兼家の後姿を見て、皮膚を粟粒立《あわつぶだ》たせた。

八重葎《やえむぐら》の生い繁る庭には、人魂《ひとだま》のような燐光がいくつか、尾をなびかせて飛びまわっている。

ぼうぼうと繁る雑草を踏み分けた細道を、摂政兼家は、あたかも糸に操られる傀儡《くぐつ》のごとく、前へつんのめるようにして走っていくのだった。

白砂の道の両側に、麗《うるわ》しい唐《から》の美女の君がうやうやしく堵列している。蘭麝《らんじゃ》の芳香が濃密にただよってくる。

そこは、まぎれもなく唐国であった。

兼家は天にも昇るような気持だった。

御殿に近づくと、黄金の扉がひらき、高髷《たかまげ》に結いあげ、鴛鴦眉《えんおうまゆ》をいただき、金糸銀糸の綾なす唐織りの衣装をまとった美女が、嫣然たる微笑をうかべて兼家を出迎えた。

「蛍妃《けいひ》にござりまする。お見知りおきのほどを」

「うむ」

兼家は鷹揚をよそおってうなずいた。

蛍妃は、強烈なばかりに艶麗で、刺激的で、肉感的で、あたかも官能の化身であるかのようだ。

「まずは、ご入浴なされ、巷の塵をお落としくださいませ」

蛍妃はしめやかな声で告げ、兼家の手をとり、しずしずと浴室へいざなっていく。

兼家は夢心地であった。

ひろびろとした浴室には薄衣をまとった数人の美女が待っていた。美女たちは兼家の前後にまつわりつき、絹のようにしなやかな手がいくつも動いて手際よく衣装をぬがせた。

兼家は美女たちによって浴槽に沈られた。

ゆったりした浴槽は、白玉石で造られてあった。浴槽のふちには、鯉や竜や雁などの浮彫りがほどこされ、中央には横たわって湯をあびることができるように白玉石の寝台が置いてあった。湯はおなじく白玉石で造られた蓮花《れんげ》の花芯《かしん》から噴きだしていた。

兼家は大いにくつろぎ、湯あみを満喫した。ものめずらしい唐の浴槽がなんとも新鮮で、楽しくもあった。

湯は透明だったが、かすかに硫黄のにおいをただよわせている。絶えず立ち昇っている湯気が、浴室のなかを熱気とやわらかく明るい霧で満たしていた。

兼家は白玉石の寝台に身体を横たえ、手のひらに湯を汲んでざぶざぶと顔を洗った。じつに爽快な気分であった。

「楊貴妃か」

兼家は唐の玄宗皇帝が寵愛し、巨大な大唐帝国を傾けるにいたった絶世の美女、楊貴妃のことを湯につかりながら脳裡に想い描いた。

眸《ひとみ》をめぐらして一笑すれば百媚《ひやくび》生じ、六宮《りくきゆう》の粉黛顔色《ふんたいがんしよく》なしといわれた楊貴妃とは、はたしていかなる女であったのだろうか。

兼家が浴槽を出ると、数人の美女が足もとから白い雲が湧き立つようにうごき、絹の寝衣をまとわせた。

「お湯はいかがでございましたでしょうか」

蛍妃が艶冶《えんや》な微笑をうかべてきいた。

「よい湯であった。満足いたしたぞ」

兼家は上機嫌でうなずき、蛍妃に舐めるような眼眸をそそいだ。

「蛍妃、そなたがまろの閨房を共にいたすのであるか」

「滅相もござりませぬ。わたくしごときが、どうしていまをときめく摂政さまの枕の塵を払う栄光をたまわることができましょうや」

蛍妃が白い手を口もとに添えてつややかにほほえんだ。

「摂政さまには、項羽《こうう》の寵妃虞《ぐ》美《び》人《じん》、玄宗皇帝の愛妃楊貴妃にひけをとらぬ名花《めいか》と添うていただきまするゆえ、御酒など召して、しばらくお待ちくださいませ」

兼家が通されたへやは、彩雲のような桃色の薄げむりが天井にたなびいていた。

そのあいまいにけむった天井から六角形の唐雪洞《からぼんぼり》がいくつか吊り下がり、さしてひろくない空間に幻想的な光をただよわせていた。

床には濃い緋の毛織物が敷きつめられている。

翠《みどり》の帳《とばり》をおろしたふくよかな寝台、朱の卓子には白磁の酒壺と瑠璃《るり》杯がととのえてあり、へやの四周にはどろりとした闇が溜まっている。

兼家ははじめて色里に足をふみ入れた若い公達のように胸をおどらせながら、蛍妃のすすめる朱の椅子にでっぷりした腰を据えた。

蛍妃は白磁の壺をとりあげて、瑠璃杯に酒を満たすと、深々と腰を折ってあいさつし、闇の中へ去っていった。

兼家は瑠璃杯の酒を口にした。えもいわれぬほど甘露で、酒好きの兼家はあまりの旨《うま》さに二杯、三杯とたてつづけに瑠璃杯をあおった。

酔うほどに、頭の中につぎつぎと妄想が浮かぶ。

虞美人、楊貴妃といったわが国にもつたえられる伝説の美女に匹敵する女性とは、どのような女なのか。

兼家は胸にわくわくするような昂奮をおぼえた。

チリ、チリ、チリ。

金鈴《きんれい》を打ち振る音がひそやかに鳴り、ややあって、人影が闇の深みから楚々たる風情でたちあらわれてきた。

象牙色の羽衣のような衣装をまとっている。

兼家はごくりと生唾をのみこんだ。濡れた双眼に劣情の炎がたぎっていく。

人影はほのかに会釈すると、翠の帳をめくり、寝台に身を横たえた。

兼家の身うちが熱くうずきはじめた。

女である。十六、七ぐらいだろうか。

美少女は横臥したまま細い肢体をねじるようにして兼家に顔を向けた。瞳が黒く、瞼のふちが萱《かや》で切りさいたようにあざやかだった。天井の唐雪洞からあわい光が美少女の顔にふりそそぐ。美少女の瞳の白目のほうが睫毛の翳を黒く帯びて光った。

そのあまりの妖しさに、兼家は思わず椅子から腰を浮かした。そのまま、寝台ににじり寄り、帳をめくって美少女の顔をのぞきこんだ。

美少女は身をかたくして華奢《きゃしゃ》な肩を小刻みに震わすと、白檀《びゃくだん》の扇子で顔をおおった。

「これ、そなた、名はなんと申すか」

兼家が美少女の肩をつかんで揺すりあげた。

「ホ、ホッ、ホホッ」

血の竦《すく》むような薄気味わるい笑い声とともに、美少女の首が蛇のようにするすると伸び、鎌首をもたげるようにして兼家に振り向いた。

その顔は眼が白く凍り、頬がひきつり、耳まで裂けた赤い唇からするどい牙が二本むきだしていた。

「ぎゃあ!!」

兼家は臓腑をひきちぎられたかのような絶叫を発して帳から転げ出た。

美少女の生首がどこまでも伸びて、兼家に追いすがっていく。

兼家は悲鳴をあげ、恐怖にかられて夢中で逃げた。

廃屋の前に、篝火が焚かれている。

坂田金時は大鉞をたずさえて、闇に塗りこめられた廃屋の様子をうかがっていた。

雨は止んでいた。

牛輦のなかでは泥酔した大納言顕光が大鼾をかいている。

坂田公時ひきいる三十余名の源氏武者は、緊迫感に頰をひきつらせて弓に矢をつがえている。

妖異な呪縛《じゆばく》が解けたのは四半刻《とき》ほど前であった。

坂田公時は血相を変えて大地から跳ね起き、あたりに横たわっている源氏武者たちの尻を蹴りとばして怒鳴りあげた。

「たわけめ。摂政さまの身に万一のことあらば、貴様たちは生きておられぬぞ」

だが、それは坂田公時も同様であった。摂政兼家にもしものことがあったなら、責めをまぬがれない。そのときは逐電する腹づもりである。

坂田公時は源氏武者に篝火を焚かせ、あわただしく臨戦態勢をかまえた。摂政兼家がなにかにとり憑《つ》かれたように廃屋に走りこんでいったことを牛飼から聞いたのだった。

「魑魅に惑わされたのかもしれぬ。うかつには踏みこめまいぞ」

坂田公時は濃い眉をわななかせた。

人間相手のたたかいであれば、たとえ敵がどれだけ頭数をそろえようとも、断じて臆《おく》するものではない。

だが、魑魅や妖怪変化、鬼、怨霊《おんりよう》のたぐいは、同僚の渡辺綱とちがって、なんともにが手なのだ。そびらの濡れてくるような恐怖におそわれ、足が竦んでしまうのである。

坂田公時はがっきと奥歯を嚙みしめ、下顎《したあご》に力をこめ、おのれをふるいたたせようとするのだが、恐いものは恐く、どうにも腰がひけてしまうのだった。

「うああ、たすけてくれ、たすけてくれい‼」

廃屋のほうから発狂したようなわめき声がひびいてきた。

ややあって、人影が雑草の生い繁る藪から息をきらして這いずり出てきた。

「摂政さま‼」

源氏武者のあいだに驚愕のどよめきがわき起こった。

篝火の炎に照らされた摂政兼家は、髪が乱れ、顔面が蒼白にひきつり、身の毛をよだたせた無残な姿もさることながら、髪の中まで全身がどろどろの糞尿にまみれていたのである。

兼家がのんびりとつかった浴槽は、糞壺であったにちがいない。

糞尿まみれになった兼家のぶざまな醜態を、廃屋のなかから二人の女が意地わるげなおもつきでながめていた。

蛍妃と寝台に横たわった美少女である。この二人は、播磨国印南郷の蘆屋道満館で、総鏡張りの妖異なへやで道満と痴れ狂っていた三人の美女のうちの二人、蛍火《ほたるび》と不知火《しらぬい》だったのである。

その夜のことは極秘にされた。が、なぜか噂が京の町に風のようにひろがり、兼家はひとびとから糞尿摂政と陰口をたたかれるようになった。

勘解由小路の廃屋の怪異な一件いらい、兼家は東三条邸にひきこもり、廟堂には一切姿をあらわさなくなった。

一条帝の母詮子が摂政兼家の代行をするようなかたちとなり、左大臣に昇った兼家の長男道隆《みちたか》が詮子を補佐するかたわら、一躍、朝廷の首班となった。二男の道兼《みちかね》は内大臣、道長も詮子の推挙によって権大納言に累進したのだった。

つけ加えるなら、臣下の最高位は左大臣である。左大臣という地位は今の官制では最高の職なのだ。

太政大臣《だじょう》という地位がその上に置かれているが、適任者がいなければ置かない則闕《そくけつ》の官で、常置《じょうち》の官ではない。

摂政関白の地位は、大臣の序列とは別格としてあつかわれるものなのだ。

こうして朝廷権力は兼家から詮子と左大臣道隆へ移ったのである。

噂では、摂政兼家は狂気に憑かれ、詮子によって東三条邸の一室に幽閉されているとのことであった。

第五章　黄泉比良坂《よもつひらさか》決死行

1

一条京極《きょうごく》の藤原為時《ふじわらのためとき》邸の北側の築垣《ついじ》の外はいちめんの松林だった。

三匹、四匹と松蟬《まつぜみ》が鳴きそろい、ひとしきり鳴くと、はたと熄《や》み、ややあってまた鳴きはじめる。

夏の真昼の陽射しは、目を開けていられないほどまぶしい。

庭の木々の緑は燃えたつようで、そこここに咲き誇る百合の花の匂いが鮮烈をきわめている。

門番の海老丸《えびまる》は、ぎょっとした。真昼に幽霊とでくわしたような顔つきで、しばらく立ちつくしていたが、突如、発狂したような声を発して駆けだした。

春の夜霧の晩に神隠しに遭った小子姫《ちいさこ》が、きれいな小袿姿《こうちぎすがた》でにこにこ笑っていたのである。

「姫さま!!」

海老丸は走り寄って小子姫を抱きあげた。

「これまでどこにおられましたか。お父君がどれほど心配なされたことか」

「阿弥陀《あみだ》ケ峰よ、東山の。ほら、あそこに見えるでしょ」

小子姫は海老丸に抱きあげられながら、東山の方を指し、無邪気に口もとをほころばせた。

為時邸はひっくりかえるような騒ぎとなった。お付き女房の萩乃《はぎの》が頬を紅潮させて屋敷から走り出てきて、海老丸から小子姫をうばいとり、泣きながら頬ずりをくりかえした。

為時の喜びようは大変なものだった。

小子姫はにこにことしている。

健康そうであった。いや、以前にもまして瞳がいきいきときらめき、頬に匂い立つような新鮮な血色があった。

「小子は阿弥陀ケ峰で銀狐や精霊《せいれい》たちとお話をしながら、楽しく暮らしていましたわ」

小子姫は、なにをしていたのかと尋ねられるたびに、きまってそう答えた。

「まるで物語のようだ」

為時も、萩乃も、兄や姉たちも、小子姫の話を信じなかったが、報らせを聞いてやってきた道長《みちなが》だけは信じ、相好をくずした。

「そうか、銀狐と遊んだか。小子姫、まろも銀狐が大好きじゃ」

そういって、道長は小子姫の髪をなでた。

二日後、小子姫の帰還《きかん》祝いとして、道長邸から酒五樽、塩びき鮭の簀巻二十本、髪《かみ》結紙《ゆいがみ》三十帖、雪紙《ゆきがみ》三百枚が贈られてきた。

「道長卿の大気《たいき》ぶりにはたまげたわい」

為時は恐縮しきりであった。当時、髪結紙や雪紙はおどろくほど高価だったのである。

為時邸で、一族、縁者をあつめてささやかな祝いの宴が催されている頃、道長の土《つち》御門《みかど》邸に来客があった。

南殿の書院で中天にかかった三日月をながめている秀麗な貴公子は安倍晴明《あべのせいめい》であった。

安倍晴明はかたわらに座す道長につややかな声で語りはじめた。

「小子姫は、われらの王朝時代を写すべく天から降臨《こうりん》してきた大いなる民族魂《みんぞくこん》の担い手であります。道長卿には小子姫をあたたかく見守っていただきましょう」

「晴明卿、王朝時代を写すとは、いかなる事でありましょうか」

道長が訊いた。

夜風が涼しげな音をたてて生い繁る沙羅《さら》双樹《そうじゅ》の梢《こずえ》をわたっていく。

「小子姫はいずれ筆を執り、この平安王朝を舞台とする華麗な恋の物語をしたためるでありましょう。すなわち、王朝貴族の生活とこの時代の風俗、習慣を美しい恋物語にのせて活写するのでございます。小子姫によって永遠の命を吹きこまれたその物語は、王朝文学の金字塔《きんじとう》として千年も二千年もひとびとに読み継がれていくことでしょう」

眼鼻の冴えのみずみずしい晴明の顔に小子姫をいつくしむ微笑がただよった。

「この王朝時代において、さまざまな女流文学が絢爛《けんらん》たる大輪の花を咲かせましょう。その頂点に立つひとこそが小子姫なのです」

晴明が唐渡りの茶碗をとりあげ、桜茶を一服した。

「およそ、ひとというものは、それぞれがある使命を持ってこの世に生まれてくるのです。ひとの使命は千差万別で、ひと口に語れるものではありません。それは、才能というふしぎな人間の課題の中に含めるべきものなのです」

「わかりました」

道長が笑みをふくみつつうなずいた。

「わたしも、小子姫が蔵《かく》している宝石のような才能の耀《きらめ》きを感じます。小子姫の成長がなんとも楽しみです」

「小子姫は神になりましょう。文学の神に」

安倍晴明が口もとをほころばした。

「いま一人、女流文学の最高峰を著わす女性がおります。小子姫の好敵手と申せましょう」

「ほう。どちらの姫君でしょうか」

「肥後守清原元輔《ひごのかみきよはらのもとすけ》どのの二の姫にて、清子《きよこ》姫と申します。この上なく理智的な女性《にょしょう》で、気性はげしく、あたかも、剃刀《かみそり》の刃先のぎらめきのような才華を蔵しております」

「清原元輔どのといえば、当代屈指の歌人で、たしか梨壺《なしつぼ》五人衆のお一人にございましたな」

「いかにも」

安倍晴明がほのかに微笑《わら》った。

「小子姫がゆたかな感受性と想像力で王朝貴族の絢爛たる恋の世界を描き尽せば、清子姫は、するどい才智と感覚がいたるところにきらめく文章で、自分が体験し、見聞きした宮廷風俗の姿をいきいきとつづるでありましょう」

夏の世が更けてゆく。

簀子《すのこ》の脇のくさむらから蟋蟀《こおろぎ》の鳴き声がリズミカルにひびいてくる。

「ところで道長卿」

安倍晴明が表情をひきしめた。すずやかな目許《めもと》に峻烈な気配がこもった。

「先日、摂政兼家《かねいえ》卿が勘解由小路《かげゆこうじ》において、魑魅《すだま》、物怪《もののけ》どもにたぶらかされ、狂気を精神に植えつけられたと、京人《みやこびと》が噂いたしておりますが、それがしは兼家卿が遭われた怪異に、呪わしげな悪意を感じてなりませぬ」

「呪われた悪意ですと？」

道長が険しいおももちで眉宇《びう》をよせた。

「去る村上《むらかみ》帝の御世《みよ》に、平安京を恐怖のどん底に突き落とし、聖帝とうたわれし村上帝を呪詛《じゅそ》にて葬《ほうむ》ろうとした人物がございます」

「なんと‼　そのようなことが。何者でござるか」

道長が思わず身をのりだした。無気味な悪寒が背筋を這った。

「蘆屋道満《あしやのどうまん》法師にござる」

安倍晴明の眼がきつく光った。

「道満法師の陰陽《おんみょう》の秘術は、人を害し、世を呪うものにござる」

村上帝を護《まも》る安倍晴明は秘術をつくして蘆屋道満と死力を尽して闘い、道満の発する魔的な呪詛の波動を渾身《こんしん》の霊力《ちから》で粉砕し、蘆屋一族を平安京から追ったのだった。安倍晴明も、蘆屋道満との死闘で深く傷つき、かなりの静養を余儀なくされたのである。

安倍晴明と蘆屋道満は陰陽の両極にある宿敵同士といえるだろう。

「蘆屋道満もさることながら」

安倍晴明が憂慮するように眉をひそめた。

「阿弥陀ケ峰にて天文を観測し、算木《さんぎ》と筮竹《ぜいちく》によって易《えき》をたてて道長卿の吉凶を占ったところ、凶と出て、道長卿をつけ狙う悪しき気配があらわれました」

「そうですか」

道長が表情をかたくした。

「その者は、幻術、妖術のたぐいを使って道長卿をおびやかし、命を縮めようとしております。ゆめゆめ御油断なきよう」

「わかりました」

道長はきびしいおももちでうなずいた。思いあたるのは、泉山《せんざん》の邪霊谷《じやりよう》で斬り伏せた凶賊禿鷲《はげわし》一味の残党どもである。禿鷲の賊仲間も、復讐すべく道長をつけ狙うかもしれない。

道長の見えざる敵は多い。

「とはいえ、あまり心配なさらぬように」

安倍晴明が目許をなごませた。

「そのうち、善きこともありましょう」

安倍晴明、錫子《しやくし》をとりあげて茶碗に白湯《さゆ》をそそいだ。

「おっ」

道長は瞠目《どうもく》した。

錫子の口からこぼれ出たものは白湯ではなく、十個ばかりの人形だったのである。

人形は一寸ほどで、衣装が瑠璃《るり》色にきらめいていた。

人形たちは茶碗に落ちては跳ねあがり、板敷の上で一列になって剽《ひょう》げた身ぶりで踊りだした。

道長はあまりの奇異にしばらく踊る人形たちに見とれていた。

気がつくと、書院から安倍晴明の姿は煙のように消えていた。板敷の上には、白湯がこぼれているにすぎなかった。

2

右京の西市の裏に極楽亭という飯屋が庶民のあいだで大層な評判になっている。

朱雀《すざく》、大宮などをはじめ、一条から九条までの大路《おおじ》や、縦横三十二筋《すじ》の道路は、碁《ご》盤目《ばんめ》のように市坊を区切り、平安京はいかにも整然と見える。

だが、市街の裏に一歩入ると、そこはもう埃《ほこり》や牛の糞で汚れた零細な庶民の街であった。

平安京の表裏のちがいのはなはだしさは言語に絶する。

町そのものが市場をなしている西市の裏側は、柄のわるい貧民窟《ひんみんくつ》で、けむくじゃらの脛毛をむきだしにしたごろつきや無頼漢が、獰猛《どうもう》な眼をして野太刀や手鉾《てぼこ》などをたずさえ、あちらの辻こちらの辻にとぐろを巻いている。

平安京を支配するひとにぎりの貴族や富者は、実質的に都を支えている貧しい庶民の生態などまったく考慮に入れず、笛でも吹くか、歌のひとつも詠《よ》むかしか能のない公達《きんだち》連中などは、衣冠《いかん》を飾り、牛輦《うしぐるま》をかまえ、庶民を見ること塵芥《ちりあくた》のごとくであった。

西市の裏側の極楽亭へ、貧者の服装《なり》をした橘　逸人《たちばなのはやんど》、風の法師、平信盛《たいらののぶもり》が入っていった。

およそ三十坪ほどの店内は、幅一間の通路をはさみ、両側が入れこみ板敷きになっていて、その上に薄縁《うすべ》りが敷きつめてある。

人夫や工人、牛飼や雑人《ぞうにん》といった連中が薄縁りにおおいかぶさって、がつがつ飯をかきこみ、なにやら殺気立つような熱気が充満している。

極楽亭では飯に干魚、汁に香の物がついて、わずかビタ銭二枚という安さであった。

奥の板場《いたば》では妙齢の女将が着物に赤襷《あかだすき》をかけて調理人たちをあれこれ指図し、飯をはこぶのはきびきびした五人の若い衆の受けもちで、五人とも筒袖《つつそで》の裾を端折《はしよ》り、狛鼠《こまねずみ》のようにはたらいている。

客はそれこそ種々雑多で、腰の曲がった老爺もいれば、赤子を背負った女、子供もいた。

「どうだ。すごいものだろうが」

橘逸人がにやりとした。

「貧乏人どもの味方、極楽亭は、このように連日大盛況ぞ」

「されど、はたして利がありましょうか」

平信盛が不審そうにいった。

「利などあろうか。持ち出しよ。それゆえ、庶民の味方なのよ」

橘逸人が眼のふちにくえない笑みをにじませた。

「極楽亭の亭主というのは、慈悲ぶかい長者なのですか」

「なかなかどうして」

風の法師が意味ありげなおもつきで、しゃくれたあごをさすりあげた。

「袴垂《はかまだれ》もやるものよ」

「袴垂？」

平信盛はぎょっとして風の法師に顔をふりむけた。

「しっ、声が大きいわ」

風の法師が口に人差指を立てた。

極楽亭の裏手には蓬々《ほうほう》と髪もおどろな浮浪者や物乞い、膿や瘡蓋《かさぶた》だらけの病人といった貴族や富者層からみれば人間の勘定に入っていないような者どもが、木椀を持って長蛇の列をつくっている。

列の前には三つの大鍋のなかで、野菜たっぷりの雑炊《ぞうすい》が、いい匂いをただよわせてぐつぐつ煮えている。

昼飯の混雑がすむと、極楽亭では大鍋の雑炊を最下層のひとびとに無料でふるまうのである。

橘逸人、風の法師、平信盛は昼飯を食うと極楽亭から表通りの酒房《しゆぼう》へ店をうつした。

「およそ京《みやこ》の底で肩を寄せ合って暮らしている貧民で、極楽亭が袴垂のやっている店だということを知らぬ者はおらぬ。知らぬは源氏武者と検非違使《けびいし》(警察)ばかりなりだ」

橘逸人は酒盃をひとのみに干しあげると、腹をゆすって高々と笑った。

「いや、検非違使のなかにも袴垂の配下が幾人もいる。そういう者どもが袴垂に検非違使庁の情報をながしているのよ」

「信盛、極楽亭はな、平安京の底で貧困にあえぐひとびとになんらの対策もたてない朝廷への袴垂の痛烈な面当てなのじゃて。もとより、おのれの盗みにたいする免罪符《めんざいふ》でもあるのさ」

風の法師が皮肉な笑みを浮かべた。

「怪盗袴垂は極楽亭を見るとおり、庶民の味方である。袴垂は極楽亭をとおして、そのように公言しているのよ、なんとも不敵な奴ではないか」

「どうやら、袴垂はただの鼠ではなさそうだな」

橘逸人が眉間《みけん》にかすかな縦皺《たてじわ》を刻んだ。

「と申しますと？」

平信盛が身を乗りだした。

「袴垂には、大望がうかがえる。藤原純友《ふじわらのすみとも》のごとき大望がな」

「藤原純友のような大望とは、いかなることでありましょう」

「にぶい奴だ。この田舎武者め、頭をかちくらわすぞ」

橘逸人は舌を打ち鳴らし、眉を吊りあげた。

「痴《し》れたことよ。天下を覆す大望だ。藤原権門が栄華をきわめる朝廷を打ち倒して、あたらしい朝廷を樹立しようというのよ」

「なんと‼」

平信盛が顔色を変えた。

「それでは謀反人《むほんにん》ではありませぬか」

「そうよ、謀反人よ」

橘逸人が凄みのある笑みを眼のふちににじませた。

「隣りの大陸においては、王朝をくつがえさんとする賊を英雄、豪傑というのだ。大小の英雄豪傑というのは、烽火した田夫《でんぶ》、流民、貧民から推戴《すいたい》された首領を指す。英雄は反乱軍を形成している者どもに食を保障しなければならぬ。食を保障できない者は、配下の者どもに殺されるか、身ひとつで逃亡するかだ」

「英雄というのも、なかなか大変なものでありますな」

平信盛は複雑なおももちで腕を組んだ。じつのところ、信盛は理解できなかった。武勇と誠実さだけがとりえの単純な男が、時代の転換期に無数にあらわれる中国大陸の英雄群像を理解するのは、相当に難しい。

「袴垂は英雄たらんとしておるのだ。それなりに気宇《きう》の大きな漢《おとこ》といえような」

橘逸人が錫子《しゃくし》をとりあげ、みずからの手で盃に酒を満たした。

「一体、何者でしょうか。その袴垂なる賊は」

「それがわかれば、検非違使庁も苦労はいたさぬわ」

橘逸人が薄く笑った。

「ただ、袴垂は物事の計算を平然とこえることができる神経の持主であろうな」

「雑人でしょうか」

「ちがうわい」

風の法師がしなびた鼻に小皺《こじわ》をよせた。

「中流の貴族で教養のある人物じゃ。庶民の困窮を嘆き、藤原権門の全盛の世を憤《いきどお》る反骨の士ぞ」

「……」

平信盛は口を噤《つぐ》んだ。中流とはいえ、貴族はこの世の支配階級である。そういう身分の者がどうして世を怒るのか、理解に苦しむ。信盛のような田舎武者には反骨ということがまったく解らないのである。

「もうよいわ」

橘逸人がにがにがしげなおももちで手を振った。

「ともかく、袴垂は茨木童子《いばらきどうじ》とか八坂の不死人《ふじびと》といった凶賊《きょうぞく》とは肌合いが異なる。同じ盗賊でも、袴垂はおのれの胸に正義の旗を担っておるゆえな」

「検非違使庁の役人どもが血まなこになって追っても容易に捕えられぬのは、袴垂が貧しきひとびとを味方につけているからじゃよ。袴垂が貧者の町へ逃げこめば、どの家でもかくまうからの。袴垂は無数の巣穴を持つ蛇のようなものだわい」

風の法師が信盛をからかうように笑った。

おなじ頃。

西市の脇の雑人どもの盛り場の薄汚ない居酒屋で、お店者《たなもの》の身なりをした小男がにごり酒をちびちび飲んでいた。

八坂の不死人の手下で、人攫《ひとさら》いを得意とする猫又《ねこまた》である。細い眼が狐のように吊りあがった小狡《こずる》げな男だった。

愛嬌のかけらもない卑劣そのものの雑人だ。西市の盛り場で昼間から酒を飲んでいる雑人といえば猫又のような小悪党ばかりであった。

居酒屋には、地獄宿で春をひさいでいる安手な遊び女《め》や人殺しの常習者や盗賊の手下がとぐろを巻いている。

猫又はこぎたない椀に米の磨《と》ぎ汁のような色をしたにごり酒を満たし、両手でそれをかかえて飲んでいる。

「猫又、しけた面《つら》して飲んでやがるぜ」

猫又の肩を荒っぽく小突いた者がいる。

蛇《くちなわ》の蔵六《ぞうろく》という悪党で、これも八坂の不死人の手下である。

蛇の蔵六は右手に大ぶりの麻袋《あさぶくろ》をにぎっている。麻袋の底が微妙にうごめいた。

「寄るな。気味がわるくてしかたがねえ」

猫又が追い払うように手を振った。麻袋の中味が蛇であることを知っているのだ。

「お頭の言いつけでよ。行者《ぎようじや》ケ原の草むらで、太い蝮《まむし》を七匹ほど捕えてきたのよ」

蔵六は猫又の前に尻を乗せると、麻袋のなかに毛むくじゃらの手を突っ込み、赤みがかった茶色の蝮の首をにぎってつかみだした。蝮が抵抗するように蔵六の腕にはげしくからみついた。

「ひゃあ」

猫又が薄っぺらい顔をひきつらしてとびのいた。猫又という名のくせに、蛇がよほどにが手らしい。

「ひっ、ひひ」

蔵六は、猫又の椀をとりあげ、入っている酒を足もとに捨てると、自分の前に置いた。ちっぽけな眼が変質者のような鱗色のぬめりをおびている。

「こいつは、赤蝮《あかまむし》といって、毒がとびきりきついのよ」

蔵六は疣《いぼ》のような鼻をひくつかせると、蝮の首っ玉をぎゅっと握りこみ、卓子にあった竹箸をつかんで蝮の鼻先へもっていった。

蝮は眼を赤くしたすざまじい形相で、裂けるばかりに口を開け、竹箸に咬みついた。二本のするどい牙が竹箸にくいこむ。

蔵六は蝮に竹箸を咬ませておいて、木椀をその下にもっていった。

ほどなく、竹箸にくいこんだ蝮の牙から、不透明な毒液が糸を引いて椀の中にしたたり落ちていった。

「この毒は効くぜ。三滴も酒にたらせば、その酒を飲んだ奴はこの世とおさらばして、三途《さんず》の川を渡っちまうさ」

蔵六は蝮の毒を木椀に溜めながら、腸《はらわた》をよじらせてけたたましく笑った。

3

朝廷から土御門の屋敷にもどり、暑苦しい濃紫《こむらさき》の束帯《そくたい》を脱いで、そそくさと涼しげな水色の清絹《すずし》の直衣《のうし》に着がえた道長のもとに、土御門御前倫子《ごぜんりんこ》が茶目な笑顔でいそいそとやってきた。

「いいことを聞かせてさしあげましょうか」

土御門御前がおどけた顔つきでいった。

「なんだな」

道長も土御門御前の笑顔にさそわれて愉快になった。

「たいへん善きことでございます。お祝いしなければなりませぬ」

「……」

ふと、道長は先夜、安倍晴明が『善きことがある』といったことを思いだした。

土御門御前が道長の表情をのぞきこんだ。気をもたせるような態度である。早く言ってしまうのを惜しむかのようだった。

土御門御前はこのごろ、若妻らしい匂うような色香がたれこめてきた。肢体にしっとりと肉がついて、肌の色にも瞳の光にも、みずみずしいつやがでてきて、おちつきと艶麗さが全身ににじんでいるような感じであった。

「もったいぶっているのかね。いいことであれば、はやく言って、喜ばせてもらいたいな」

「すこし羞ずかしいの。でも、思いきっていいます」

土御門御前は大きく息を吸いこむと、張りのある瞳を精いっぱいみひらいた。

「道長卿の和子が生まれるのでございます」

いいおわると、土御門御前は真っ赤になった。白磁《はくじ》のような顔から首筋にかけて、それは透きとおるような美しい色となった。

「ほんとか。でかした、姫‼」

道長の胸に熱い喜びが一時にみなぎった。

「三月《みつき》になるところです」

道長はうるみかげんの眼で、しげしげと土御門御前のからだをながめた。妻の胎内《からだ》に自分の子が宿って育ちつつあるという事実が、なんともいえず不思議な気がした。

「いや、そんなに見ないで」

土御門御前が檜扇《ひおうぎ》でお腹をかくした。が、すぐにころころと笑いだした。もちまえの明るくやわらかな笑いであった。

道長は急にそわそわして『正親町《おおぎまち》へ行ってくる』と腰を浮かしかけた。正親町邸の母時《とき》姫に子ができたことを告げようと思ったのである。

「正親町のお義母《かあ》さまには、もうお知らせしましたわ」

土御門御前が胸もとでそっとわらった。

三日後。

道長は親しい者たちを土御門邸に招き、内々の土御門御前懐妊の祝宴を催した。

安倍晴明を招こうとしたのだが、どこにいるのか所在が不明ではどうにもならない。

土御門邸の南庭には、その夜、勧学院《かんがくいん》時代の友だちが大勢あつまって、道長をはやしたて、大いに気焔をあげた。直衣、狩衣《かりぎぬ》、布直垂《ぬのひたたれ》、衣装もまちまちだったが、それだけに宴《えん》も盛りあがった。

宴のすみには父の為時と一緒に紅梅を襲《かさ》ねた小袿をまとった小子姫がすわり、好奇心に富んだ瞳をひらいて、きらきら笑っている。

橘逸人は友人代表をきどって、道長の隣りに陣取り、風の法師の顔も見える。

宴は、女房衆が総出で、華やかさをふりまいていた。

さすがに身重の土御門御前は、夜風にあたるのを気にしてか、ちらと顔をだしてすぐに屋敷の奥にひっこんだ。

「このうえは、土御門御前にはなんとしても、みめうるわしき姫君をお産みになっていただかねばならぬ」

橘逸人は語気をはげましていうと、大盃の酒を豪快にあおった。軽嬌《けいきょう》でつむじ曲がりの若者も、この夜の宴ばかりはえらく上機嫌で、たいそうな鼻息である。

厨房は戦場のようなあわただしさだ。なにしろ勧学院出身の公達たちは、そろいもそろってあびるほど飲む。

下働きの小女たちは酒肴《しゅこう》の膳をかかえて厨房から南庭へ裾を乱して走り、みな大童《おおわらわ》であった。

一人の小女が酒肴の膳をたずさえて厨房を出て渡殿《わたどの》をわたっていく途中、暗がりからぬっと腕がのび、小女の口をふさいで一瞬のうちに暗がりへひきずりこんだ。

ややあって、暗がりから小女があらわれた。この小女は、八坂の不死人が化けたものだった。

この妖盗は、七方出《しちほうしゅつ》の術をつかう。

七方出の術とは、法師、修験、陰陽師、絵師、歌詠み、商人《あきんど》、常のなり（一般人）の七つの姿に変幻する術を指し、その中にはもちろん、女もふくまれる。

あるいは、八坂の不死人という面妖《めんよう》な盗賊は傀儡《くぐつ》族の出身であるのかもしれぬ。

七つの姿に変幻する七方出の術は、技芸と知識を身につけるほかに相貌まで変えてしまう。

傀儡族ではこの七方出のわざをもっとも重視するという。

八坂の不死人は七方出の術を駆使して、京の街を魔のように掠めているのである。

南庭では祝宴がたけなわであった。

もとより、無礼講であり、招かれた公達のほとんどは気心の知れた勧学院の学友たちである。

「土御門御前を御母とする姫君は、いずれ、女御《にようご》として帝《みかど》の寵愛《ちようあい》を賜わり、めでたく皇子の誕生となる。そうなれば、わが学友藤原道長は帝の外祖父《がいそふ》となり、廟堂《びようどう》の重鎮《じゆうちん》となる。それが、われら勧学院の学友にとって、切なる願いじゃ」

泥酔した橘逸人が酒盃を片手にわめきあげた。

王朝時代は官僚絶対の世の中である。だれもが官職をのぞみ、官人《つかさびと》を夢見る。

官職にありついたなら、累進を望む。上は太政官の最高幹部から、下は各省庁、寮の卑官まで、およそ官人で出世を願わぬ者はない。

ひねくれ者を演じて官職につかず、白身《はくしん》で世を拗《す》ねている橘逸人の本質は、野心家であり、俗世の栄達を願う思いははなはだ濃かった。

この強烈なまでの自負心と剃刀のような頭脳を持つ若者が頭に描いている青写真は、

外祖父となって朝廷を牛耳る道長が自分を参議《さんぎ》にひきあげることである。

藤原権門の血統《ちすじ》ではなく、怨霊《おんりょう》となって藤原一族を呪った橘逸勢を祖に持つ橘逸人にすれば、道長が廟堂の大実力者になることだけが栄達の道であり、他力本願以外のなにものでもない。どれほど頭脳明晰であろうとも、自力では、累進出世は望めない世の中なのである。

勧学院の学生《がくしょう》時代、ずばぬけた学力を認められて橘秀才といわれ、道長と首席をあらそった逸人は、誇り高く、職さがしをあちこちに頼むような真似は死んでもできない。政敵の蹴落としにあけくれる上卿《じょうけい》たちの尻について、政争のおこぼれにあずかろうとして駆けずりまわるなど、唾棄《だき》すべきことであった。

「道長卿、御酒を召しませ」

酒瓶子《さかへいし》をかざす女房に、ほろ酔いの道長は盃を差しだし、満たされた酒を口に運んだ。

女房は道長が酒を飲んだことを確認すると薄く笑い、篝火の死角の暗がりに没した。

「うっ」

ほどなく、道長の唇から異様なうめきがほとばしり、酒盃が手から落ち、背中が海老のように折れ曲がった。

「どうした、道長」

橘逸人がぎょっとして道長の肩に手をかけた。

道長はうめきながら両手で喉をかきむしった。脂汗《あぶらあせ》のしたたる顔面は苦悶の表情を浮かべている。

道長の異変を知るや、末席で為時と歓談していた風の法師が顔色を変えて走りよっていった。

道長の全身が瘧《おこり》のようにはげしく痙攣《けいれん》している。額に手をやると、火のように熱い。

「毒じゃ。道長卿は毒酒を飲まされたのじゃ」

風の法師が顔をひきつらせて叫んだ。

宴に招かれた人々や女房衆が騒然とどよめいた。

侍所《さむらいどころ》の別当（長官）として警備の武者どもを指揮していた平信盛も、血相を変えて駆けつけた。

風の法師の腕に抱かれた道長は、すでに昏睡《こんすい》状態におちいっている。

突如として、闇の向こうから粘液質の哄笑がわいた。悪意の毒にまみれ、復讐を遂げた快感に酔ったかのような哄笑であった。

座の人々は、割れ返る哄笑に身体の血が冷えていくような恐怖感をおぼえた。

「藤原道長は死ぬる。行者ケ原の赤蝮の毒を飲んだ者は絶対に助からぬ。わが仲間禿鷲《はげわし》を殺し、獄門にかけた報いと知れい」

闇に、いくつか茫《ぼう》と燐光が浮かび、乱髪の生首が五つ、六つ、血汐を引いて飛び交いはじめた。すさまじい形相のそれらの生首は、梟首《きようしゆ》された禿鷲とその一味のものであった。

「きゃあ‼」

衣を裂く悲鳴をあげて女房たちが地に伏し、屋敷内に転げこんでいく。

「おのれ、妖怪変化‼」

平信盛は唇を横一文字にひきむすぶと、闇を奔《はし》りまわる生首どもをはったと睨み、四尺に余る鬼太刀をぬきはなって挑みかかっていった。

生首どもがふっとかき消え、太刀をふりかざした平信盛に分厚い闇がおおいかぶさってきた。

八坂の不死人の幻術とは、かくも妖異なものであった。

4

道長は一室に寝かされた。

左大臣源《みなもとのまさのぶ》雅信、穆子《ぼくこ》夫人、正親町の道長の母などが部屋にあつまってきた。

土御門御前は、動揺はかくせないが、気丈にも、道長にとりすがって泣きわめくような取り乱しかたはしなかった。

もちろん、医師《くすし》や僧などがよばれた。が、この時代の医師は無力で、道長の額に濡れた布を置き、熱をとることしかできなかった。

多少の医術の心得のある風の法師も、手をこまねいているよりしかたがなかった。

道長は高熱を発しながら、昏々《こんこん》とねむりつづけている。呼吸はかぼそく、短かく、すぐにも途切《とぎ》れそうであった。

小子姫は賽子《すのこ》に座し、両手を胸に組み、涙を溜めた必死の瞳を月に向け、けんめいに念じていた。

「安倍晴明さま、道長卿が死んでしまいまする。どうか、お助けくださいませ。どうか……」

幾許《いくばく》か経った。

夏の夜が更けていく。土御門邸は不穏な闇に塗りこめられている。

突如、一陣の飄風《ひょうふう》が道長の寝室にするどく吹き込んできた。

飄風の中に、紫の立烏帽子をかぶり、純白の浄衣《じょうえ》をまとった安倍晴明が立っていた。安倍氏伝来の宝剣『蛇《くちなわ》の麁正《あらまさ》』をたずさえている。

安倍晴明が枕元に座したとき、道長の呼吸が止まった。

安倍晴明は峻烈《しゅんれつ》なおももちで道長の胸に手のひらを当てがった。

「土御門御前、部屋を御用意していただきます」

晴明が土御門御前に顔を向けた。

「わたくし、これより、黄泉比良坂《よもつひらさか》へ参り、死神に黄泉国《よみのくに》へ連れ去られようとしている道長卿を現世につれ戻します」

「黄泉比良坂……」

「現世と黄泉国をつなぐ通路です」

安倍晴明の顔に凜とした気迫がこもった。

「黄泉比良坂の行手を道反大神《ちがえしのおおかみ》が塞《ふさ》いでおります。道反大神はこの世と黄泉国との接点に鎮座して、冥界から迷い出る死霊《しりょう》、疫霊《やくりょう》、邪霊《じゃりょう》をふせぐこの世の守護神と申せましょう。

安倍晴明は北殿のはなれの一室に入った。

簡素な白木の台に幣帛《みてぐら》を立て、四柱《しちゅう》に大物主神《おおものぬしのかみ》、百襲《ももそ》姫、玉櫛《たまぐし》姫、迦具土神《かぐつちのかみ》を祀《まつ》り、太刀置きに宝剣『蛇の麁正』を横たえ、宝剣の両端に炎のゆらめく燭台と水を張った白瓶《しらかめ》を乗せた。

安倍晴明は閉めきった部屋の『蛇の麁正』の前に座すと、双眸をややすぼめ、胸のまえにがっきと印《いん》をむすんだ。

ジジッ。

油の燃える音がする。

燭台の炎に照りかえされた安倍晴明の顔は、白蠟《はくろう》でつくった仏像のように白くすき透っている。

晴明は全身の気根を死という一点に凝集させているのである。その生死を超越した顔は、まさに荘厳としかいいようがなかった。

膠着した時間がじりじりと経過していく。

閉めきった部屋は息苦しいほどにむし暑い。

やがて、晴明の切れ長な眼が、心ここにないように茫乎《ぼうこ》とかすみがかりはじめた。

なにやら霊妙な気体のようなものが晴明の双眸からただよい出てきた。

刹那、晴明の肉体が硬直した。

晴明の幽体が肉体から離脱した瞬間だった。

宝剣『蛇の麁正』をたずさえた安倍晴明が靄《もや》のよどんだ空間を風のように移動していく。

妖異の靄の空間は、霧のたちこめる洞窟のようであった。その洞窟にはゆるやかな勾配がついていて、徐々に地底へ下っていくような感じだった。

やがて、空間の靄がかった周囲から、血のにじむような啜《すす》り泣きや怨嗟《えんさ》にまみれた慟哭《どうこく》がひびきだした。

靄の深みには橙色《だいだい》の尾をなびかせたおびただしい人魂《ひとだま》がさまよっている。

そこは、怨らみをのんで死んでいった者や、現世へ未練のある死者が、黄泉国へ行くこともできず、怨霊《おんりよう》や死霊となってただよっている場所であった。

（お助けくださいまし。後生でございます。わたくしをこの世にお連れくださいませ）

身を揉むような思念とともに、靄のなかから、漆喰《しつくい》のような顔に髪もおどろな女人の亡霊が朦朧《もうろう》と立ちあらわれてきた。

（わたくしには三人の子がございます。ひと目だけでも子等に会わせてくださいませ）

だが、安倍晴明の表情はいささかも動かなかった。この稀代の陰陽師は、黄泉比良坂を幾度も往来しているのだろうか。

しばらくすすむと、靄が粘液質の生まぐさいものに変わった。

（ひとだ、生きているぞ!!）

わめきながら殺到してくる者どもがあった。

餓鬼《がき》の群れであった。

いずれも、一尺ほどの矮《ちび》で、素っ裸である。髪のない頭は極端に鉢がひらき、胸はあばらが浮きでているほど痩せているくせに、腹が異様につきだし、両手と両脚は凧《たこ》の骨のように痩せ衰えている。

眼には脂濃い欲望がたぎり、半開いた唇から涎が糸を引いてなびいている。

おそろしく醜怪な餓鬼どもであった。顔はできものでただれ、がさがさの皮膚は血膿だらけで、半腐れ状態であった。

餓鬼の群れは臭かった。眼を開けていられないほどの悪臭を醜怪な軀《からだ》全体からはなっている。

凝縮された欲望の臭いであろうか。

このあたりに群れている餓鬼どもは、欲望のおもむくままに人を殺し、女を凌辱し、金品を盗み、放火し、野獣のごとく生きてきた粗野な者どもであった。

おのれの欲望が醜怪な姿となってあらわれ、それでも、欲望の焰は衰えず、眼を血走らせて欲望の対象となる獲物をさがしているのだ。

混沌とした靄のなかから、骨と皮ばかりの腕が無数にのびてきて、安倍晴明をつかまえようとする。

安倍晴明はいささかも臆さず、すさまじい気魄と迫力をもって叱りつけた。

「去れ、餓鬼ども。去らぬとわが宝剣で汝《うぬ》らの穢《けが》れし軀を斬り裂き、苦悶の沼に叩きこむぞ‼」

晴明の雷喝《らいかつ》に餓鬼どもは縮みあがり、頭をかかえてクモの子を散らすように逃げ散っていった。

晴明は靄の渦巻く空間をひたすらどこまでも下っていく。唇をひきむすんだような表情には、異常な緊迫感と、追いたてられるような焦りの色があった。

蝮の毒から生じた死神が道長の霊魂を連れて、道反大神をすりぬけてしまえば、晴明といえどもどうにもならないのである。

晴明は右手に宝剣『蛇の麁正』をかざし、左手で印をむすび、前方の混沌を見据えながら秘呪をとなえはじめた。

摩利支天陀羅尼経《まりしてんだらにきょう》の真言《しんごん》であった。すなわち、陰陽道の守護神摩利支天の加護をあおいでいるのである。

摩利支天は、その姿体は天女である。頭に瓔珞《ようらく》の冠《かんむり》をいただき、左手に天扇《てんせん》を持ち、右手は下に垂れて掌《てのひら》を外へ向け、五指をのべて与願《よがん》の勢《いきおい》をなす。

人は摩利支天を見ることができない。

摩利支天のみ人を見ることができるのである。

これに祈念すれば、余刀兵軍陣難《よとうへいぐんじんなん》、毒薬難、悪獣難、毒虫難、王難、賊難、行路難、水火難、呪詛難、怨霊難、物怪難、一切の怨衆《おんしゅう》悪人難などの諸悪をまぬがれ、摩利支天は祈念する人を守護して捨てず、かならず危窮《ききゅう》を免れしめるという。

いきなり、視界がひらけた。

前方に途方もなく巨大な氷の岩がある。比類なき重量を秘めた殺伐《さつばつ》とした氷の厖大《ぼうだい》な集積であった。

鑿《のみ》で削ったような青光りする大氷壁は、決して無機物ではなく、意志をそなえた有機体なのだった。

道反大神である。

その大氷壁に歩んでいく芥子粒《けしつぶ》ほどの影があった。

そやつは赤茶けた衣をまとい、灰をまぶしたような髪をふり乱して、上向いた道長のあごに痩せさらばえた腕をひっかけ、ずるずるとひきずっていくのだった。

「待てい。蝮の毒から生じた死神‼」

安倍晴明は裂帛《れっぱく》の思念を発し、渾身の熱力《ちから》で死神に追いすがっていった。

「なに奴」

死神が振り返った。赤茶けた面貌《めんぼう》は蝮そのもので、小さな赤い眼は、この上なく陰《いん》惨《さん》であった。

「道長卿はいまだ寿命が尽きてはおらぬ。貴様の毒にあたり、心ノ臓が機能を停止したにすぎぬのだ」

「たわけたことをぬかすでない」

死神が赤い口を開けて嗤《わら》った。

「心ノ臓が止まれば、その者は死に、肉体はほろぶ。それが自然の理《ことわり》じゃ」

「いいや、ちがう。貴様の毒がぬければ、心ノ臓は動きはじめ、肉体が蘇生《そせい》する。死神、どこへとなりと去れい!!」

安倍晴明が宝剣『蛇の麁正』を頭上高く突きたてた。同時に、宝剣の先端から目も眩《くら》むばかりの閃光がほとばしり、放物状に死神めがけて奔っていく。

刹那《せつな》、異様に底ごもる重苦しい音響がひびきだし、目を奪う大氷壁がわずかずつ移動しはじめた。

道長をひきずりながら大氷壁のひび割れのような隙間に走りこもうとする死神の脳天に、稲妻のような閃光がするどく撃ち込まれた。

「ぎゃああ!!」

絶叫をあげて死神がのたうちまわり、ややあって、霊妙な衝撃を発して微塵《みじん》にくだけ、道長一人が残された。

「間に合った」

安倍晴明は道長に駆け寄ってその手に抱きかかえた。凍りついたかのように冷めたい道長だったが、しばらくすると、ほのかなぬくもりがこもりはじめた。

「だいじょうぶだ」

安倍晴明の眼が爛《らん》と光った。

宝剣の先端に乗せてある燭台の炎が、火の粉を散らしてはげしく燃えあがった。

鱗がはめこまれているかのように不透明だった安倍晴明の双眸に、命ある者の光がやどった。

安倍晴明の肩がはげしくあえいでいる。まとっている純白の浄衣は汗みどろだった。躯幹に貯蔵されていたあらゆる熱力を根こそぎ燃やし尽してしまったのかもしれない。

安倍晴明は頬にながれたほつれ毛をかきあげながら、ほっとしたようにほのかな笑みを浮かべた。全力をだしきったあとの満足そうな微笑であった。

この部屋に晴明がこもってから、丸二日が経っていたのである。

その間、微動だにせず、刃物のように自分をとぎすまして気根を一点に集中させていた安倍晴明の精神力は、凄愴《せいそう》ともなんとも言いようがない。

5

一方、道長の寝室は、歓喜のどよめきにわいていた。

冷たく硬直していた道長のからだに、かすかだが精気が甦《よみがえ》り、停止していた心ノ臓が微弱ながら鼓動を打ちはじめたのである。

「蘇生したようじゃな」

風の法師が道長の表情をのぞきこんだ。

「呼吸をしておる。峠を越えたというか、晴明どのが道長卿をとらえていた死神を退治したのであろう」

「よかった」

土御門御前が両手を組み合わせて瞳をきつく閉じ、肩をこまかく震わした。からだの中心から湧きあがってくる喜びを嚙みしめているのだろう。

夜明けであった。

東天が淡紅色に染まり、早朝の清涼な大気がすがすがしい。南庭の奥の木立の陰から野鳥のさえずりがひびいてくる。

「安倍晴明さまにご報告いたさなければ」

土御門御前が腰をあげた。彼女もこの二日余り、ほとんど床についていなかった。

南殿から渡殿をわたり、北殿へ行き、安倍晴明の籠ったはなれの一室の前に座すと、土御門御前はそっと声をかけた。

「もし、安倍晴明さま」

応答はなかった。

「失礼いたします」

土御門御前は両手を添えて遣戸《やりど》を引き開けた。

部屋はきちんとかたづけられていた。

安倍晴明の姿はなかった。あらわれたときと同様、飄風とともに去ったのだろう。

ふと見ると、文机に一巻の巻物がのこされていた。

土御門御前は不審そうに巻物をとりあげた。ひろげてみたが、土御門御前に理解できるはずもなかった。


その日の昼過ぎ、道長は眼を開け、意識をとりもどした。

あの夜いらい土御門邸に泊りこんでいる橘逸人と勧学院の同期生たちは、歓声をあげて喜んだ。

「夢を見ていた。奇妙な夢であったわ」

道長が当惑のおももちでつぶやいた。眼差しは遠い。

土御門御前は道長の手を両手でつよく握りこんだ。自分の体温を道長に注ぎ込もうとするかのようだった。

「おそろしく粘液質の、鬱屈《うっくつ》したものが色濃くこもっているところだった。あるいは、あれが地獄へ通じる道だったのかもしれぬ。まろは何者かにひきずられていた。ひきずられながら、子供にもどったように恐くてしかたがなかった。そこへ、安倍晴明どのが光の剣をかざしてあらわれ、まろを攫っていく何者かを退治し、助けてくれた」

「それは、きっと、死神ですわ。晴明さまは道長卿を死神からとりもどしてくださったのですわ」

土御門御前は瞳を大きくみひらいて、つよくうなずいた。声に、安倍晴明への感謝の念がこもっていた。

「晴明どのはわが手をとって、思いきって跳ね飛んだ。すると、まろと晴明どのが上昇していったのだ。煙の濛々《もうもう》とした煙突の中をゆっくり昇っていくような気分であった。水の底から水面に浮きあがっていくような感じでもあったな。やがて、上に突き当たった。天井も靄の壁だった。どうしたものかと思案しているうちに、靄の壁が丸太を突き込んだようにボコッ、ボコッといくつも丸く抜けだしたのだ、まろはしめたとばかり、靄の抜けた同筒の穴から這いだした。すると、そこは見わたすかぎり広大な宇宙だった。暗蒼《あんそう》の球状の宇宙になにがいたと思う」

「さあ」

土御門御前は小首をかしげた。道長の頬に血色が甦りはじめたのが、なにより嬉しかった。

「ものすごく巨《おお》きな観世音菩薩《かんぜおんぼさつ》が座っておられたのだよ」

「生きている観音菩薩でございますか」

「いや、仏像であった。が、命あるもののようだったぞ。これまで、あれほど巨きく、荘厳な観世音菩薩に遭うたことがない。暗蒼の虚空を背景に鎮座する観世音菩薩を気を奪われたようにながめているうちに、湯につかっているような安らぎをおぼえてな。ひとりでに眼が醒めたのだ。夢が去って、霞がかっていた視野のなかからそなたの姿があらわれたときは、なんともほっといたした。そなたは観世音菩薩の化身であるやも知れぬな」

「まあ」

土御門御前は口もとに白い指をそえてほほえんだ。夫から観世音菩薩の化身といわれて、嬉しくないはずがない。なにより、道長の意識がはっきりしたことが嬉しかった。

道長は順調に回復していった。夕刻には白粥をすすり、翌日には瓜のしぼり汁をのんだ。

二日目には床から身体を起こし、空腹をおぼえるようになった。

「赤蝮の毒は消滅したようじゃな」

五日目に病床を見舞った風の法師が、道長の顔色を見て、安堵したように目許をなごませた。

「それにいたしても、安倍晴明どのには感謝いたさねばなるまいぞ。晴明どのが飄風に乗ってやってこなければ、道長卿はあの夜のうちに三途の川を渡り、いまごろは冥《めい》府《ふ》で鬼どもをあつめて酒盛をしていたかもしれぬて」

「安倍晴明どのは、夢の中にあらわれた。得体の知れぬ奴からまろを奪いかえしてくれたのだ」

「その得体の知れぬ奴というのが、蝮の毒から生じた死神よ」

風の法師が表情をひきしめた。

「安倍晴明どのは北殿のはなれの一室にこもり、誰も寄せつけなかった。おそらく、陰陽道の霊法《れいほう》によって幽体離脱《ゆうたいりだつ》をはたし、黄泉比良坂を下り、道長卿を冥界《めいかい》へ連れこもうとした死神めを消滅せしめたのであろう。稀代の陰陽師、安倍晴明でなければかなわぬことじゃて。道長卿、安倍晴明どのは、まごうことなき命の恩人ぞ」

「うむ」

道長はつよくうなずいた。心の奥底から安倍晴明にたいする感謝と畏敬の感情が彩雲のように湧きあがってくる。それは、心から尊敬できる人物と出会った喜びであろう。

「三十余年前、村上帝が蘆屋道満の呪詛によって死の淵に追いつめられたときも、安倍晴明どのは陰陽寮の一室に籠り、蘆屋道満のはなつ魔の波動を断ち、村上帝を甦らせた。よいかな、道長卿、安倍晴明どのは村上帝同様、そなたをこの世において有用な存在と認識しておるのだぞ。だからこそ、黄泉比良坂にまで奔り、そなたの霊魂を死神から奪い返したのじゃ」

風の法師の声には靭《つよ》いひびきがこもっていた。

「そういえば」

土御門御前はふと思いだしたように座を立ち、巻物をたずさえてもどってきた。

「安倍晴明さまが部屋の文机にのこしていかれた巻物にございます」

土御門御前が風の法師に巻物を差しだした。

「拝見いたす」

風の法師が前に巻物をひろげた。

建物の図面であった。完成図、建造方法、寸法、使用する材料、建造する場所などが詳細に記されていた。

「陰陽宮《おんみようきゆう》か」

道長がひろげられた図面をながめた。

「安倍晴明どのは、この建物を道長に建てよと申されたのだ。よし、わが財力のかぎりを尽して安倍晴明どのに陰陽宮を建造してさしあげようぞ」

「それはよいが、不思議きわまりない建物であるな」

風の法師がいぶかしげなおももちで首をひねった。

建物は底面が正方形の四角錐《しかくすい》であり、方位は東西南北の線に沿って位置している。

内部の構造も複雑をきわめたものであった。

もとより、木造建築であるが、圧倒的に巨大である。その規模は、奈良の東大寺《とうだい》の大仏殿に匹敵するだろう。

「おそらく、安倍晴明どのはこの陰陽宮をもって平安京を守護する覚悟なのであろう。なにしろ、平安京は怨霊《おんりょう》渦巻く呪われた都だからの」

風の法師はもっともらしいおももちであごに手をやった。とはいえ、この四角錐の巨大な建造物がいかなる意味を持っているかについては、風の法師の理解をはるかにこえていた。

「これだけの建物を造るのだ。財力もさることながら、名人といわれる工匠《たくみ》を大勢諸国からあつめなければなるまいぞ」

「やりがいのあることです」

道長が屈託なく笑った。

「わが金蔵の黄金を一粒のこらず使いはたしても、陰陽宮を完成させてごらんにいれようではないか」

道長は軀の中心からわきあがってくる躍動を抑えながら、噛みしめるようにいった。

「安倍晴明どのは、この道長の生きた守護神であるゆえな、晴明どのの陰陽宮を造るのは当然のことであろう」

空が高く澄みわたり、三十六峰をかぞえる東山の雄大な山嶺から涼風が吹いてくる秋、土御門小路に面した広大な空地に、数千人の土工によって土が小高かく盛りあげられた。

6

陰陽宮の建設工事が始まったのだ。

すさまじい人海戦術である。

京、奈良の名工匠千余名、工人（大工）五千余名、工夫一万余名が敷地に群らがり、槌音《つちおと》が四六時中鳴りひびいた。

建設工事の別当（責任者）は、橘逸人がみずから買って出た。采配をふるうのは、当代随一の名工匠とうたわれる小野藤麿《おののふじまろ》である。

物見高い京のひとびとは、一体何ができるのだろうと興味しんしんであった。

当時は、労働力がおどろくばかりに安く、人夫たちは、一日五合の雑穀《ざっこく》をあたえればいくらでも集まってくる。

十日余りで基礎工事が完成した。それを待つように、安倍晴明が飄然と土御門の現場にあらわれた。雌の銀狐を一頭つれている。

濃紫《こむらさき》の立烏帽子をかぶり、藤むらさきの狩衣をまとい、華鹿毛《はなかげ》の駿馬《しゅんめ》に乗った安倍晴明は、まったくもって清らかな貴公子である。容貌は、女装すればそのまま類のない美少女ができあがってしまうほどだった。

安倍晴明という神秘にみちた陰陽師の生涯をいろどる華やぎは、衰えを知らないみずみずしい美貌と若さであろう。

安倍晴明は馬をおり、水干《すいかん》に襷をかけた勇ましい橘逸人にしずしずと歩み寄ると、親しげな笑みをたたえて会釈した。

「お手数をかけます」

「なんの」

橘逸人はがっしりと肩を張った。

「それがしの采配で、京人の度肝をぬくような陰陽宮を建造いたしますぞ」

「それはたのもしい」

安倍晴明は白扇を口もとに添えてほのかな微笑を洩らした。

広大な工事現場にはおびただしい材木がいたるところに山をつくり、建設資材を積んだ大八車が無数に走りまわっている。

数千人の半裸の人夫たちの皮膚をつたう汗のにおいと体臭と、ひびきわたる槌音と喧噪が、人を捲き込むような熱気となって現場にむせかえっている。

材木を鋸《のこぎり》で切る者、板を鉋《かんな》で削る者、鑿をつかう者、槌をふるう者、材木をはこぶ者で現場はごったがえし、貧者たちが籠を背負って、大量の木屑やかんな屑をひろいあつめている。焚木にしたり、売ったりするのだろう。

とにかく、現場には異様な活気がみなぎっている。

「逸人どのは、祖である橘逸勢卿の再来といわれておりましょう」

安倍晴明が親しげな笑みをたやさずに語りかけた。

「朝廷の官人《おとな》たちから嫌われておりますゆえな。そのあたり、逸勢とそっくりです」

逸人がいった。声にとげがあった。

「橘逸勢卿は空海《くうかい》大師と共に唐へ渡り、さまざまなことを学んでまいったとのことでございますな」

「逸勢は残念ながら弘法《こうぼう》大師のような巨人でありませんのでね」

橘逸人が我のつよそうな眼を皮肉っぽくひらめかした。

「わが祖逸勢は長安《ちようあん》の狭斜《きようしや》（路地）で胡姫《こき》などと戯《たわむ》れていたのでしょうよ。とにかく、すっからかんになって帰ってきたといいますからね」

長安における橘逸勢の暮らしは、飢えるほどに窮迫《きゆうはく》していたという。

空海と逸勢は、仏教専攻と儒教専攻のちがいがあるとはいえ、おなじ条件の留学生《りゆうがくしよう》である。朝廷から派遣された還学生《げんがくしよう》である最澄《さいちよう》などとちがって、懐《ふところ》は潤沢ではなく、学費はすぐに底をついてしまう。

「おれなど、どうしようもない」

逸勢は空海の宿所をたずねては、生活費の窮迫をこぼし、飯をくわせてもらい、いくばくかのカネを借りたのだった。

逸勢と空海が二十年の滞留期間にもかかわらず、二年を満たずにひきあげてきたのは、素寒貧《すかんぴん》という火に追われるようなせっぱ詰まった理由があったからなのだ。

安倍晴明は橘逸人としばらく雑談に興じると、陣所に行き、工匠頭の小野藤麿ら数人の工匠たちと図面をながめ、あれこれこまかく指示し、かれらを連れて作業現場を歩き、現場責任者に指図して日暮れに去った。

「おそるべき御方じゃ」

小野藤麿は畏敬をこめてつぶやいた。

「安倍晴明さまには、われらとちがう能力がそなわっているとしか考えられぬ。あの御方は、木材を見ただけで、寸法も計らずにそれがどれほどの重さを支えることができるか、どこに置けるか、たちどころにわかってしまうのだ。逆立ちしてもわれらにはできぬ」

夜。

工事現場には、篝火がいくつも焚かれ、仮設の侍所をかまえ、平信盛を指揮官とする十数人の武者が弓矢をたずさえ、剣を帯び、徹夜で警戒にあたった。

火がもっとも恐い。

平安京の夜は、放火魔がしばしばあらわれる。

平信盛には油断がなかった。

こうして、陰陽宮の工事は、費用を度外視した人海戦術によって、大車輪ですすめられていったのである。

夜でも槌音がひびき、工人たちの喧噪がやまない工事現場を闇の深みから凝《じっ》と見つめているいくつかの人影があった。

蘆屋道満の手の者、玄鬼《げんかい》と蛍火《ほたるび》、不知火《しらぬい》、それに陽炎《かげろう》の女三人であった。

「安倍晴明の陰陽宮。いっそ火をかけ、灰にしてしまおうか」

蛍火が敵意のこもった眼をきらりとさせた。

「いや、相手は安倍晴明ぞ。武者どもばかりでなく、晴明の眷属《けんぞく》の銀狐どもも見張っておる。うかつには手だしができぬ」

玄鬼がつよい調子で蛍火を制した。

「安倍晴明は道満さまの怨敵《おんてき》じゃ。おそらくは現世のみならず、魔天《まてん》にあっても永劫《えいごう》の修羅《しゅら》の争いをつづけよう。あなどれば地獄へ落とされるわ」

玄鬼が毒っぽく嗤った。

「われらの使命はこの平安京に害毒を流し、栄華をきわめる藤原権門に、血を血で洗う骨肉の争いの渦を巻き起こすことぞ。道満さまを裏切った藤原摂関家に、蘆屋一族の呪いのすさまじさをみせつけてくれるのだ」

ぶあつい闇の中で、四人の眼が鬼火のように赤く燃えている。

7

年がかわり、身を切るような冬の寒さも日追ってうすらぎ、都のひとびとが待ちわびる桜花の季節がようやくめぐってきた。

吉野の桜が爛漫《らんまん》と咲きほこるころ、道長の土御門邸は二重の喜びに湧いた。

土御門御前倫子が無事に赤ん坊を出産したのだ。

女児であった。

土御門家にとって、ねがってもないことである。

女児は彰子《あきこ》と名づけられた。

道長の喜びはひとしおで、女房衆のとめるのもきかず、生まれたばかりの彰子を抱いては、桜花が春風に舞う南庭を散歩した。

もうひとつの喜びは、道長の異母兄道綱《みちつな》が倫子の妹姫の婿となったのである。道綱は道長より十二歳も年上だが、土御門家では弟ということになる。

この道綱の母は、陸奥守倫寧《むつのかみともやす》の娘で『蜻蛉日記《かげろうにっき》』を著わした当代屈指の女流作家であった。

道綱はこの母のいる中河邸に住んでいる。

彰子の誕生をわがことのように喜んだのは、東三条どのとよばれる一条帝の生母詮子であった。

彰子誕生の報らせをうけると、日をおかずに詮子は土御門邸にいそいそと足をはこんできた。

普通の女人ではない。

今上帝の母であり、摂政兼家が狂気に憑かれて自邸に籠っているいま、公卿衆の上に君臨して廟堂をとりしきっている大権力者なのである。

「瞳が大きく、鼻がすっきりと高い。かがやくばかりの姫になりましょうぞ」

詮子は彰子の顔をのぞきこみ、土御門御前の手を両手で熱っぽく握りしめた。

「倫子どの、よくぞ姫をお産みなさいましたな。お手柄にございまするぞ。どのように美しゅうなられるか、行く末が楽しみなことで」

この詮子の居館である東三条邸には源明子《あきこ》という十四歳の姫君が養われていた。

息をのむばかりの美少女である。紫に見えるほどに眉が濃く、長い睫毛にかこまれた瞳は宝石のようだった。まっすぐに通った高い鼻は象牙細工のように繊細で、ぽってりとした唇が花びらのように可憐であった。

明子姫は、『安和《あんな》の変』という藤原権門の策謀《さくぼう》によって失脚し、菅原道真《すがわらのみちざね》とおなじく太宰府へながされた右大臣源高明《たかあきら》の娘である。

高明の無実は当時の世評の一致して認めるところで、粗末な網代車《あじろぐるま》で検非違使に連行されていった高明に世人《よのひと》の同情があつまった。

詮子はこの明子をひきとり、手許において薫陶した。

源高明は醍醐《だいご》天皇の皇子であり、源朝臣《あそん》の姓を賜って臣下の列に入った。その姫である明子にも、当然ながら帝の血統が色濃く脈打っている。

この高貴な姫君をわがものにせん、と、朝廷の幹部たちが眼の色を変えた。いずれも、養い親である詮子の兄や弟、一族の男どもである。

左大臣に昇っている道隆も、内大臣の道兼も、執拗にねらったが、詮子はそれらに冷笑でむくい、一切寄せつけなかった。

東三条邸は二万坪という広大な敷地を持っている。その南庭の楠の木にかこまれた一隅に小さな社《やしろ》があり、社には白晨狐菩薩《びやくしんこ》が祀《まつ》ってあった。

明子姫はちいさな頃からこの社が好きで、境内で鞠遊びなどをして育った。もの心がつくと好きが信仰にかわり、白晨狐菩薩を祀った社に毎夕詣でることを日課としていた。

その夕は、桜花の季節というより、晩春から初夏にかけた宵のような生まあたたかさだった。

明子姫は三人のお付きの女房と一緒に白晨狐社に参詣した。詣るといっても毎日のことだし、屋敷の庭でもある。心配などあろうはずがない。

明子姫はふだんどおり、女房たちを鳥居の前に待たせて、一人で社に通じる石畳をわたっていった。

宵闇がうっすらただよいはじめている。

春のあたたかな霧雨が降っている。境内がいくらかもやがかっていた。

明子姫はいつものように社の前で手を合わせた。

そのとき、社の奥から人魂《ひとだま》のような霊妙な銀光がただよってきて、明子姫の両の瞳のなかに奔りこんでいった。

明子姫はある種の衝撃によって、社の前でよろめき、倒れ伏した。

鳥居の前で様子をうかがっていた三人の女房はあわてふためき、小袿の裾を乱して明子姫のところへ駆けつけていった。

その夜、明子姫は昏々と眠りつづけ、翌朝なにごともなく目覚めた。

明子姫の性格がなんとなくかわったのはそのときからである。

どちらかといえばひっこみ思案で、おとなしかった明子姫が、とても明るく、活発になった。以前はしめやかだった声に、澄んだ張りがあらわれ、瞳がきらきらかがやくようになったのだった。女房衆ともすすんで話し、その声はのびやかで、聞く者は春の小鳥のさえずりを聞くような愛らしさと生気を感じた。

周囲を埋めつくした京のひとびとは思わず息をのみ、気を奪われたように見上げた。

陰陽宮が完成したのである。

土御門大路《つちみかどおおじ》に面した一角の小高く盛土したその上に、正四角錐の建物が平安京を守護するかのように聳《そび》えているのである。

その巨大な建物は表面が黒漆で塗られ、無数に鏤《ちりば》められた青貝が星屑のようにきらめいていた。その眩《まばゆ》いばかりに青貝のきらめく異様な建物は、これまでの神社仏閣の大伽藍《だいがらん》と異なる神秘性と荘厳さをそなえていたのだった。

藤原道長が莫大な私財を投入して建造したこの正四角錐の陰陽宮は、京のひとびとから土御門宮とよばれ、安倍晴明を祖とする土御門神道の総本山《そうほんざん》となったのである。

（一）了

陰陽宮（二）四月上旬刊行予定

解説

縄田一男

例えば本書の後半、摂政の地位についた藤原兼家がこの世ならぬ美少女との入浴に歓喜したと思いきや、狂気の如く叫びつつ救けを求める場面がある。美少女は魔性の者と化し、「篝火の炎に照らされた摂政兼家は、髪が乱れ、顔面が蒼白にひきつり、身の毛をよだたせた無残な姿もさることながら、髪の中まで全身がどろどろの糞尿にまみれていた」という訳で、この権力に驕る者を汚物の中に叩き込むという場面ほど谷恒生の反権力志向を端的に表わしたそれはあるまい。

作品の時間軸は、安和の変から花山帝の退位という権謀渦巻く時代の推移の中に置かれているが、安和二年（九六九）に起こった安和の変とは、いうまでもなく、藤原氏の他氏排斥運動の最後のものとされ、これによって摂政・関白が常置となり、以後、藤原氏の全盛時代が招来されることになる。変の経過を述べれば、三月二十五日、源満仲が藤原氏に、源高明が為平親王擁立の陰謀を画策していると密告したことにはじまり、翌日、高明は大宰権帥として左遷されてしまう。その結果、藤原師尹が左大臣に、藤原在衡が右大臣に進み、前述の如く、藤原氏の地位が固まることになる。と、極めて簡便な歴史辞典の類に記されているのはこのような内容であるが、作者は、その背後に、のちに天皇の外戚として横暴を極めた藤原兼家の暗躍を想定、この兼家を「こと策謀となると、水を得た魚のようなる。安和の変のときも、首謀者三兄弟、伊尹、兼通、兼家のなかで、この兼家が最も積極的に策動した」としている点が注目される。

伊尹の死後、この兼家と兄兼通との間に交された激しい勢力争いは有名で、いったんは兼通に関白の職を先んじられ左遷の憂き目にあうも、娘詮子を円融天皇に入内させることに成功。更に詮子が懐仁親王、のちの一条天皇を生むや、兼家の野望はとどまるところを知らず、永観二年（九八四）に即位した花山帝を息子道兼と共謀してわずかな在位期間で出家・退位へと追い込むのである。こうして一条天皇を即位させ、自らは摂政となり権力を欲しいままにすることになるが、天皇の外戚としての横暴は目に余るものがあったという。

この花山天皇の出家・退位は、本書における中盤のクライマックスとなっているが、その折、呪力によっていちはやく天皇の譲位を察知、式神を用いてこれを確かめたのが、陰陽師・安倍晴明すなわち、本書の主人公であると伝えられている。

ところで、一九〇〇年代最後の年、時代は正に世紀末を迎えて、出版界はちょっとした陰陽師合戦といった観を呈している。出口の見えない閉塞的な状況から理念なき政治の横行、あらゆる社会的規範・通念の喪失、物欲を追求してやまぬ卑小な魑魅魍魎の跋扈、そして何よりもかたちばかりの愛や平等が叫ばれる一方で人の生命が虫けらよりも軽々と奪われるという現実等々。あたかもそうしたことともに哄笑を浴びせるが如く、歴史の闇の中に封印された陰陽師たちが帰って来たのかもしれない。

ともかく、夢枕漠『陰陽師』シリーズ（文藝春秋）、高橋克彦『鬼』（角川春樹事務所）、富樫倫太郎『陰陽寮』シリーズ（徳間書店）、藤木稟『陰陽師鬼一法眼』（光文社）、そして小沢章友『夢魔の森』『闇の大納言』（集英社）等々、枚挙に暇もないほどで、中でも日本最大の陰陽師・安倍晴明は抜群の人気を誇っている。この宿敵蘆屋道満と死闘を演じ、あらゆる魑魅魍魎を調伏せしめたと伝えられる晴明は、『宇治拾遺物語』や『今昔物語』をはじめとして、それこそ様々な文献・芸能・文学に登場しているが、かえって晴明をして虚実を超えて物語の世界の主役たらしめ、来る平成十七年は没後その出生の地からして讃岐とも大阪阿倍野とも詳らかではない。その謎めいた生涯は千年といわれている。大衆文学出版の老舗春陽堂では創業百二十周年を記念し、奇しくも北海道生まれの五人の作家・評論家（右近稜、志村有弘、富樫倫太郎、豊嶋泰國、藤巻一保）を動員、小説・評伝・研究から成る『安倍晴明—北の五芒星』を上梓しているほど。五人の執筆者というのは、晴明が五芒星という神紋を考案したことにかけたものであろうし、そのあとがきにある「二十世紀の最後を迎えました今、安倍晴明と世紀末という結びつきはどこか似つかわしい気が致します」（荒井邦男）という言葉は、先に記した陰陽師復活の状況を端的に述べたものであろう。

その陰陽師ブームの中に投じられた一作が本書『陰陽宮・安倍晴明』なのだが、考えてみれば、作者谷恒生と陰陽師との結びつきは何も今にはじまったことではない。歴史の背後に存在する闇にうごめく者たちが権威づけされた社会や体制を脅かす、といった構図は、しばしば、作者の伝奇長篇『魍魎伝説』『紀・網魎伝説』『髑髏伝』等に見られるものだが、一見、本格的な歴史小説の体裁をとった『那須与一』のような作品も、実は作者の苛烈極まりないロマンの噴出に他ならず、物語の背後に存在するのは、陰陽師・鬼一法眼。腐敗し切った平家を打倒し、日本に新しき世、新しき秩序をもたらすために、法眼が何を画策したのか――。未読の方のために敢えて詳述はしないが、私はこの作品が刊行された際に、「新しいヒーローの創造、たくまれた物語性、反権力の思想の三位一体を可能とした歴史ロマンの快作」と評したことを思い出す。

肝心なのは何を題材とするかより、それをどう料理するかであり、谷恒生は、今回、自家薬籠中の存在である陰陽師の中から安倍晴明を選び取り、それを汚濁の世に向わせた。作中、風の法師がいうが如くに、人々は人間の欲心を赤裸にその顔にあらわし、世は澆季（世の末）の相を呈し、しかも権力者は已れの利益のためのみに権謀をもてあそぶ。ために世の哀しみと怨恨の中から怪異が湧き起こり、とどまるところを知らぬ始末。安倍晴明がその中から〈時代魂〉の担い手として選び出したのが藤原道長——あの権謀の申し子兼家の息子である。どうやら谷作品に登場する陰陽師は、世が腐敗にまみれた時、闇の世界から現われて世界を照らすヒーローを見出す者、歴史の中で果てもなく繰り返される聖と俗のせめぎあいにおける無告の民の希望の象徴といった、より高次の存在として描かれているのではないのか。

そしてここまで記して来て私は、一見、ストレートでダイナミックな直線に貫かれているかに見える各作品に、実は苦悶と変化が刻まれていることを感じずにはいられない。谷作品の根底にあるのが苛烈な反権力志向であることは、本稿の冒頭で既に述べた。そうした志向は、一等航海士から海洋冒険小説の書き手となり、『マラッカ海峡』『喜望峰』という傑作を同時に上梓、常に海から世界を見るといった方向性、すなわち、定住よりも放浪を、物質よりも精神を、権力よりも徒手空拳を、といった作者の内面に根ざすデラシネ性から生まれたものと考えてまず間違いはないだろう。しかしながら、一個のデラシネが対決すべき当の国家や権力が理念なき悪しきデラシネと化してしまったとしたらどうであろうか。反骨、反権力とは、倒すべき体制があってこそ最大の効力を発揮するものではないのか。

思うに「海の男」から作家に転じた谷恒生にとって、文字通り日本は狭すぎたのだ。

初期の海洋冒険小説の舞台が、南アやベトナム、中南米というようにことごとく海外を舞台に激動の現代史を背景としていることからも、それは了解されよう。卑小かつ大志を喪った国日本――だが、そうした日本に対する憎悪にも似た心情は、一連の大河伝奇小説や歴史小説を書く過程において、作者に一つの発見をもたらしたのではないのか。歴史に登場する権力者たちが日本を、いや世界を腐敗へと導いたのであるとするならば、その背後において、少なくともそれを押し止めようとした者たちが間違いなくいたのではないのか、と。そしてその時、前述の「憎悪」は「愛憎」という思いへと転じたはずである。

かくして、谷恒生の歴史に材を得た作品の主人公は、反権力=デラシネでありながら新たな体制の維持を押し進めなくてはならぬ、という二律背反を背負わされることになるのである。そして聖と俗、二つの勢力の抗争の中で幾度そうしたヒーローが現われ、去って行ったことであろうか。しかも、今回、陰陽師・安倍晴明のパートナーとして登場するのは、藤原道長。晴明が道長から重く用いられていたのは史実通りと思われるが、道長といえば娘三人を三后と成し「この世をば我が世とぞ思う望月の欠けたることもなしと思えば」という余りにも有名な歌を詠み、藤原氏の栄華の頂点に立った人物として知られている。かつて永井路子は長篇『この世をば』で、道長を、戯れに詠んだ歌によってそのイメージを固定されてしまった人物として活写、まったく新しい像の提出に成功しているが、まだまだ抜きがたいマイナスイメージは依然として残っている、といっていいだろう。

谷恒生は、敢えて「この若き貴公子は悪を見すごしにすることのできない正義の魂をになっている」とも、政治の腐敗をただし「文化をはぐくみ、のちの世に伝えるという使命をはたさなければな」らぬ者とも断じている。この逆説が、今後、安倍晴明との関連においてどのような展開を見せていくのか、大いに気にかかるところではある。なお、この作品は三部作を予定しており、速筆で知られる作者は既に第二部を脱稿したとのこと。百鬼夜行の闇を晴明の呪力がどのように切り拓いていくのか、私たち読者も満を持して待とうではないか。

（文芸評論家）

SHOGAKUKAN BUNKO

好評既刊

逆説の日本史1 古代黎明編 封印された「倭」の謎
井沢元彦
卑弥呼は天照大神だった！常識を覆す井沢史観第1弾。

逆説の日本史2 古代怨霊編 聖徳太子の称号の謎
井沢元彦
聖徳太子の「徳」に秘められた怨霊信仰のメカニズム。

逆説の日本史3 古代言霊《コトダマ》編 平安建都と万葉集の謎
井沢元彦
〝軍隊と平和憲法〟論争の原点は平安京にあった！

逆説の日本史4 中世鳴動編 ケガレ思想と差別の謎
井沢元彦
封印された歴史がいま開く。大好評シリーズ第4弾。

逆説の日本史5
井沢元彦
待望の第5弾。鎌倉幕府樹立への道程は「源源合戦だった」

天皇になろうとした将軍
井沢元彦
金閣寺に塗り込められた足利義満の野望——自からウロコの謎解き。

「言霊《コトダマ》の国」解体新書
井沢元彦
我々の住む国はなぜ「世界の非常識国家」になったのか？

北朝鮮の正体 落合信彦選集1
落合信彦
飢餓、拉致…。崩壊へ向かう近くて遠い国の実像。

日本の正体 落合信彦選集2
落合信彦
「世界の視点」から日本の病根を抉り、ウミを出し尽くす。

ロシアの正体 落合信彦選集3
落合信彦
成金起業家たちを連続直撃。病める大国の病巣を抉る。

極言 落合信彦選集4
落合信彦
これが落合流「名言集」——「勝者への合言葉」だ。

長編小説 金正日《キムジョンイル》暗殺指令
落合信彦
鄧小平が支持した秘密工作——北朝鮮をめぐる中韓米の陰謀。

もっともっとアメリカ
落合信彦
魅力的で開放的でダイナミックな国・アメリカの素顔。

命の使い方 落合信彦選集6
落合信彦
女、カネ、友情、仕事！これが「人生の極意」95カ条だ。

SHOGAKUKAN BUNKO

好評既刊

朝日新聞の正義
井沢元彦&小林よしのり
対論！戦後日本を惑わした「メディアの責任」を問う。

「謝罪させた男」「企業側」全証言東芝クレーマー事件
前屋　毅
当事者の独占初告白！事件はこう拡大した。「危機管理」に必読。

検証ドキュメント「臨界」19時間の教訓
核事故緊急取材班
誰も想定していなかった燃料加工工場の放射能漏れを「総力検証」。

元・検事長「不祥事続出警察」に告ぐ
岸本　康
元札幌高検検事長。40年の検察官生活で警察の欠陥を糾す。

〝北方領土〟Q&A80
佐藤道夫
エリツィンに約束を反故にされかかっている現況と問題点。

知られざる地球破壊
下斗米伸夫
目前にある恐るべき現実。いまだ知られざる環境問題。

世界遺産 厳選 55
石　弘之
都市・遺跡・自然・祈り。かけがえのない人類の宝をポケットに！
世界遺産を旅する会・編

「会社起こし」勝利の手の内
沖　幸子
「資金なしコネなし、アイディアひとつ」。会社の作り方、教えます。

日曜日、部長は牧師になる
小杉真訓
セキスイ化学勤務37年。休日はキリスト教伝道。

管理職べからず教本
W・スチーブン・ブラウン
松野　弘　訳
ダメ管理職といわれないために、いますぐ自己診断！

自分を活かす構想力
嶌　信彦
これからを生き抜く構想力と志の持ち方。ヒント満載。

郵貯2000年満期図解最も得する預け替え
貯蓄アドバイザーズ・編
超低金利時代の貯金術。5人のファイナンシャル・プランナーが指南。

あなたの税はこう化けた〜都市酷税で地方は栄える〜
村野まさよし
都市から吸い上げ地方にばらまく税の実態を暴く日本縦断ルポ。

40歳からの年金基礎勉強
富士総合研究所
2000年以降の年金の行方が一読でわかる入門決定版！

SHOGAKUKAN BUNKO

好評既刊

自分の事は棚に上げて
吉田拓郎
「コンサートの腹立ち」ほかタクローのホンネエッセイ。

聖徳太子憲法は生きている
三波春夫
「俵星玄蕃」の三波春夫が槍をペンにかえて迫る「太子憲法」の真髄！

真髄「三波・忠臣蔵」
三波春夫
蔵の中には何がある…語り芸で魅せる三波版「義士考」

僕のこと、好きですか
西村雅彦
人気役者初の書き下ろしエッセイ。三谷幸喜唖然！

世紀末毒談
ビートたけし
政治家も芸能人も叩き斬る！ロンドン特写カラーも収録。

業界用語のウソ知識
松尾貴史
奇人変人徹底採集！粗悪品な人々満載解体新書!!

清水ミチコの顔マネ塾
清水ミチコ
名演技？迷演技？「顔マネ塾」が、新作満載で文庫に登場！

イッセー尾形のナマ本（巻壱）～（巻四）
イッセー尾形
森田雄三
伝説のひとり芝居が帰ってきた！待望の読む舞台。

さくらこ ももこ わが逝きし子らよ
赤井英和
初告白！双子の相次ぐ死と、親父としての覚悟。

用心棒スチール写真全348
黒澤プロダクション 監修
スチール写真から生まれたもう一つの「用心棒」

喜劇の帝王 渋谷天外伝
大槻 茂
生き方そのものが劇的な、不世出の喜劇役者の"笑うとくなはれ"人生。

尾崎豊 覚え書き
須藤 晃
共に歩いた著者が明かすカリスマとの10年。

ドリアン魂
ドリアン助川
叫ばずにはいられない！ロック吟遊詩人が世紀末を歌う。

幸せは褒められた数・愛される量
武田鉄矢
〈まごころ人間〉武田鉄矢がつづる熱血愛情エッセイ。

SHOGAKUKAN BUNKO

好評既刊

「優駿」観戦記で甦る日本ダービー十番勝負
寺山修司 古井由吉ほか
シンザンから始まるダービー10の名レースがいま甦る。

「優駿」観戦記で甦る菊花賞十番勝負
寺山修司 志摩直人ほか
再現！シンザンほか京都競馬場「菊花賞名勝負十番」

「優駿」観戦記で甦る有馬記念十番勝負
寺山修司 山口 瞳ほか
一年の総決算、グランプリ有馬記念の名勝負が甦る。

「優駿」観戦記で甦る桜花賞十番勝負
寺山修司 田辺聖子ほか
あの名勝負が甦る。競馬十番勝負第四弾。

打つ 掛布雅之の野球花伝書
矢島裕紀彦
野球はこんなに深かった。ファンも指導者も必読の「打の奥義」

山田久志 投げる
矢島裕紀彦
万感を一球に集約する「投手」の秘策とは？

「ベイスターズの真実」優勝の礎をつくった男・大矢明彦
矢島裕紀彦
ベイスターズ変貌の基礎を築いた男の「勝つ組織」づくり。

ビバ！ペロータ
リー・小林・モボ
栄光を夢見た感動の〝友情スルーパス〟。サッカー人間像3編。

祝祭 Road to France
加部 究
イタリア、アメリカそしてフランスへ！ 世紀の祭典W杯の興奮。

野球ができてありがとう
関根潤三
「プロ野球ニュース」の顔が語り尽くす痛快野球人生。

タイソンはなぜ耳を噛み切ったのか
井上一馬
タイソンの心奥にある「喪失」の事実と意味に迫るドキュメント。

どつかれ者《もん》
薬師寺保栄
元世界チャンピオン「人は殴るよりも殴られて学ぶ」

新・馬場派プロレス宣言
栃内 良
ジャイアント馬場への万感の想い。テリー伊藤氏爆賛。

もう一人の力道山
李《リ》淳《スン》馹《イル》
戦後日本の国民的ヒーローが「北」に向かって叫んだ言葉！

SHOGAKUKAN BUNKO

好評既刊

すれっからし
杉田かおる
「芸能学校」で学んで大人になった女優の衝撃の告白自伝。

ダイエットただいま全敗中!!
室山まゆみ
「あさりちゃん」著者のダイエット全戦全敗エピソード集。

毎日が楽しいあいうえお
海老名香葉子
心に元気、家族に愛を取り戻したいときに、「こんな言葉」を!

声に恋して　声優
小原乃梨子
B・バルドー、J・フォンダ、のび太役、声優一代記。

母の心で子は育つ
高瀬広居
今こそ求められる、子を想う母の揺るぎなき心。

働くママンの「個育て共育」
コリーヌ・ブレ
「子育て」は「個育て」そして「親育て」—仏ジャーナリストの実感育児。

青春とは笑える　思い出の'70年代
柴門ふみ
ミーハーと笑ってちょーだい—柴門ふみ'70年代青春記。

纏足《てんそく》
馮驥才《フウキサイ》　納村公子・訳
9センチの足で生きた女の運命。今、話題の中国諷刺文学。

中国怪世奇談　陰陽八卦
馮驥才　納村公子・訳
奇人変人百出、荒唐無稽の物語に陰陽思想の真髄がある。

三寒四温—作家の日常—
山口洋子
悪い了見のおとことおんな。おんなとおとこ。人生の春夏秋冬。

「柄」きものと帯
浦澤月子
銀座の老舗の女主人が教えるおしゃれ着物の極意。

女とお酒のいい関係
友田晶子
心とからだに美味しい、女性のためのワイン・お酒講座。

友情、愛情、ああ無情　オー・マイ・ガールフレンズ
山田美保子
女友達の効能と苦労を一読で〝ナットクエッセイ〟

13人の危ない男たち—仕事・恋愛・熱き心を語る—
岸本裕紀子
本当に素敵な男たちはどんな恋をし、どう生きているのか。

——本書のプロフィール——

本書は小学館文庫のために書き下ろした作品です。

シンボルマークは、中国古代・殷代の金石文字です。宝物の代わりであった貝を運ぶ職掌を表わしています。当文庫はこれを、右手に「知識」左手に「勇気」を運ぶ者として図案化しました。

———「小学館文庫」の文字づかいについて———

- 文字表記については、できる限り原文を尊重しました。
- 口語文については、現代仮名づかいに改めました。
- 文語文については、旧仮名づかいを用いました。
- 常用漢字表外の漢字・音訓も用い、
  難解な漢字には振り仮名を付けました。
- 極端な当て字、代名詞、副詞、接続詞などのうち、
  原文を損なうおそれが少ないものは、仮名に改めました。

陰陽宮《おんみようぐう》1 安倍晴明《あべのせいめい》

著者 谷《たに》恒生《こうせい》

二〇〇〇年四月一日 初版第一刷発行
二〇〇〇年七月一日 第三刷発行

発行者――山本 章
発行所――株式会社 小学館
〒一〇一-八〇〇一
東京都千代田区一ツ橋二-三-一
電話 編集〇三-三二三〇-五六一七
制作〇三-三二三〇-五三三三
販売〇三-三二三〇-五七三九
振替 〇〇一八〇-一-二〇〇

印刷所――図書印刷株式会社
デザイン――奥村靫正

造本には十分注意しておりますが、万一、落丁・乱丁などの不良品がありましたら、「制作部」あてにお送りください。送料小社負担にてお取り替えいたします。

ISBN4-09-403772-1

小学館文庫